KB109140

세상의 모든
최대화

세상의 모든
최대화

황유원 시집

민음사

허락하소서 우리에게
더 이상 계단이 없는 지고(至高)의 옥상을
물 빠진 청바지의 오래된 평온함을
무엇보다도
새들의 영혼이 비쳐 누구도 함부로 날아들지 못하는
잘 마른 하늘을
하늘하늘해진 천의 피부에 맨얼굴 문지르며
한동안 울 수 있는 그윽함을
그런 하늘을 배경으로
그저 거기 놓여 있는 정물을
이를테면
부패가 다 날아가고 난 후의
무취(無臭)의 과육을
그 과육 앞에서 포기하고 돌아서는
허나 금세 다른 곳 향해 떨기 시작하는
파리의 예쁜 양 날개를
허락하소서 우리에게
감히 맥빠진 침묵이 아닌
음악 다 빠져나간 후의 침묵을
행성처럼 묵직하지만
추락하지 않고 공전하는 무한대의 침묵으로
저녁이 오게 하소서
빛이 빠져나간 전구의 추위 속에서

우리를 어둡게 하시고
길 잃게 하신 후
우리가 드리는 기도만큼의 속력으로
조금씩 밝혀 주소서
처음과 같이
이제와 항상 영원히

2015년 겨울
황유원

차 례

1부

루마니아 풍습

루마니아 사람들은 죽기 전 누군가에게
이불과 베개와 담요를 물려준다고 한다
골고루 밴 살냄새로 푹 익어 가는 침구류
단단히 개어 놓고 조금 울다가
그대로 간다는 풍습

죽은 이의 침구류를 물려받은 사람은
팔자에 없던 불면까지 물려받게 된다고 한다
꼭 루마니아 사람이 아니더라도
죽은 이가 꾸다 버리고 간 꿈 냄샐 맡다 보면
너무 커져 버린 이불을, 이내 감당할 수 없는 밤은 오고
이불 속에 불러들일 사람을 찾아 낯선 꿈 언저리를
간절히 떠돌게 된다는 소문

누구나 다 전생을 후생에
물려주고 가는 것이다, 물려줘선 안 될 것까지
그러므로 한 이불을 덮고 자던 이들 중 누군가는 분명
먼저 이불 속에 묻히고

이제는 몇 사람이나 품었을지 모를

거의 사람의 냄새 풍기기 시작한 침구류를 가만히 쓰다듬다가

혼자서 이불을 덮고 잠드는 사람의 어둠

그걸 모두들 물려받는다고 한다

언제부터 시작된 풍습인지

그걸 아무도 모른다

북유럽 환상곡

누가 또 시벨리우스*를 풀어 놓았나 등 푸른 생선같이
차가운 하늘

떨리는 손 숨기기 위해
손의 멱살을 쥐어 본 적 있습니까
손톱자국 네 개 희미하게 남아
손에게 미안해지는 저녁

북극해는 오늘 아침 심한 배신을 당해
노을 닿는 곳마다 맑은 핏물은 우러나오고

잠이 오지 않을 땐 베개 속에 낮에 주워 모은 철새의 깃
털을 넣어 줘 보지만
그것은 어디론가 멀리 날아가는 데 도움이 되지만

감기약 캡슐처럼 감정은 여러 종류
채 다 번역하지 못한 낮은 잘 씻긴 유리 재떨이에 기대
어 주는 요즘
감기 기운 너머로 담뱃갑 속 빼곡한 천사들처럼

새들의 흰 날개는 펄럭이고

주르륵 늘어진 실밥을 당기면
툭,
하고 단추가 떨어지듯
또 해는 지고

꿈이 너무 찰 땐 베개 속에 작년 봄에 주워 모은 목련을
넣어 줘 보지만
그것은 어디론가 안전하게 추락하는 데 도움이 되지만

그래도 잠이 오지 않을 때 베개를 뜯어 보면 속에는 죽
은 새들의 물컹한 내장
(그건 그저 고깃덩어리고)
꿈이 너무 안락할 때 베개를 뜯어 보면 속에는 꽃잎 속
에 들어갔다 갇혀 버린 벌레들의 세계
(흔해 빠졌어, 너 같은 거)

누가 또 시벨리우스를 다 잡아들였나 더 이상 싱싱하지

않은 하늘

　투명한 기침 소리를 믿는 게 말이나 된다고 생각하니?
　라고 누가 말할 땐 굳이 콜록거리지 않아도 괜찮아
　라고 다짐하는 것도
　희미해진 시벨리우스 냄새 속에서 밤새 바느질을 해 보
는 것도
　조금은 도움이 되는 요즘

　진한 피 맛을 볼 때까지 하늘을 사랑하는

* Jean Sibelius.

풍차의 육체미

그냥 풍차가 됐으면

바람 불면 돌아가다

바람 자면 멈추는

돈키호테도

로시난테도 아닌

그냥 **붕 붕**

힘차게 제자리를 지키고픈

달려가서 안기고픈 남자의 규모로

붕 붕

잘리지도 않아서 영원히 자를 수 있는 공중을 썰며

붕 붕

호프나 한잔하고 부리는 호기로

정오 조금 지난 시간에 벌써 뒤풀이를 계획하는 아저씨

아줌마 들이

일단 목부터 축이고 볼 때

그 목구멍들을 통해 넘어가는 힘으로

붕 붕

네가 런던에서 파리로 넘어가는 버스에서 보고 반한 육

체미

붕 붕

내가 암스테르담에서 보고 매달려 돌아가고 싶던 힘찬 팔

난 지금 혼자 콩나물해장국 한 그릇을 비운 후 장충단

공원에 앉아

문자나 주고받으며 당신들의 잡담을 엿듣고 있을 뿐인데

여긴 풍차가 하나도 없는데

난 갑자기 풍차가 되고 싶고

붕 붕

뭐라도 잡고 돌리고 싶고

뭐라도 **붕 붕** 돌아갔음 좋겠는데

여름 바람에 감사하며

담배 피는 영감탱이들을 피해 부채를 부치고 있는 할머

니의

고약한 표정도 예쁘게 봐 줄 수 있는

풍차가 됐으면

붕 붕

꽃밭 오가는 꿀벌들의 날갯소리를

딱 100배만 확대한 음량으로

붕 붕

위풍당당

힘차게

난 버스도 안 타고 있는데

갑자기 내려서 좀 걷고 싶은 기분이고

식당에서 보던 야구 경기를

여기저기 계단에 앉아 손에 스마트 폰을 든 사람들이 이어서

봐 주고 있는 듯한 기분이고

계속되는 경기

붕   붕 붕

계속되는 안타

붕   부웅 붕

계속되는 향기

부웅   부우웅 브웅

소리를 녹음해 줄 순 있지만

모양을 녹화해 줄 순 있지만

지금 이 향기를 첨부해 줄 순 없네

내가 풍차가 아니라서

힘찬 팔이 아니라서

마음에 드는 사실 몇 가지

부우웅붕붕 붕 붕

풍차는 없어도

딱 몇 초만

풍차가 됐으면

바람 부는 날

바람 부는 날 야외에서 한 접시의 물회를
바람 속에 흔들리는 모든 것들의 친화력과 공평함
그러나 고층 빌딩의 견고함
원피스의 펄럭임은 야외에 달린 커튼
걸어다니는 커튼, 긴 머리의 자유로움과
저 여잔 머릴 기르길 참 잘했다는 생각
바람 부는 날 멀리서 바라보면 바람에 천천히 흔들리고
있는 빌딩 앞 플라스틱 의자에 앉아 플라스틱 테이블에 올
려진 물회에 뜨거운 밥 한 그릇을
소주 한 병을 시키고 잔 세 개를 부딪칠 때 불어오는 바람
바다보다 더 바다 같은
바람보다 더 바람 같은 바람의 통로 안에 담겨 한 접시
의 물회를
이제 더 큰 바람이 불어오겠지
암 그렇고말고
바람 속에 흔들리던 것들 죄다 이륙하고 테이블이 뒤집
히고 원피스가 팬티 위로 올라가고 술병이 차례로 추락할
거야 만물지중(萬物之衆)이 낙하하고 비행하는 난장판이 펼
쳐질 거야 그 전에 딱,

한 접시의 물회를

바람이 사라지기 전에 어서 마지막 잔을 비우고 그 속
에 한 잔의 바람과 평화를

이 세상 모든 바람이 지금 여기로 불고 있다는 착각

지금 이 바람은 우릴 모른 척하고 지나간다는 확신

이 모든 접시들과 수저들이 처음 보는 우릴 기억하고 있
다는 믿음

이 모든 게 바람이 하는 젓가락질이라는 망상

그 와중에도 이 골목은 계속 길어져서 아무리 긴 바람
도 결국 빠져나가지 못할 거란, 그러나 바람에는 길이가 없
을 거란

헛된, 몽상

그러나 얼음이 다 녹기 전에 한치 학꽁치 미주구리 문어
대가리

바람 속으로 날아드는 새들이 생선을 다 채가기 전에 쌈
장을 찍고 마늘을 올려서

김에도 싸서 너의 입에 한 번,

나의 입에 한 번

바람 속에 흔들리는 모든 것들의 친화력과 공평함

오늘 왜 난 자꾸 눈물이 날까

이봐 그러고 있지 말고 저길 좀 봐

어느새 일렬로 늘어선 소주병들이 진한 방풍림 색으로
물들어 있었고

이봐 앞에 앉아서 자꾸 핸드폰이나 쳐다볼 바엔 차라리
지나가는 여자 다리를 쳐다보지 그래

난장판이 되기 직전 빈 접시의 바람을 집어먹는 나무젓
가락의 튼튼함

우리가 이제부터 불어올 모든 바람을 이 한 잔의 공간
속에 모두 쑤셔 담을 순 없겠지만

마침표같이 눌러놨던 돌멩이들 죄다 굴려 버리는 바람

그러나 어딘가에선 반드시 멈출 돌멩이들을 바라보며

바람 부는 날 바람 속에 흔들리는 모든 것들의 취기에
시원한 사이다 한 잔씩을 따라 주며

너도 한 잔,

나도 한 잔

빈 잔은 이제 그냥 빈 잔으로 남겨 두고

새처럼 우는 성(聖) 프란체스코를 위한 demo tape

내가 다가갈 때마다

푸드득

새들이 도망갔다

참새 비둘기 까치

다 나를 피했다

있는 힘을 다해

두루미 청둥오리 수리부엉이

훨훨 휠휠 훌훌

황망한 어궤조산(魚潰鳥散)

성 프란체스코여

그대 새의 음성

투명한 예각들 부서져 내린다

돌을 쪼아 조각내듯

그러나 돌멩이 하나 상처 입히지 않고

돌 틈으로 꽃 몇 송이 밀어내는 힘으로

산산조각 나는 공중

번개처럼

번개가 지나가고 난 뒤의 말짱한 하늘 같은 것들 남겨

두고서

공중분해되는 새들

나무 속에 숨어서

도처에서 울려 퍼지는

문자메시지 오는 소리처럼

부서지는 문자들의 빛나는 꼭짓점

형태 없는 소리들에게 거룩한 이름을

새들의 자세

새들의 종종걸음

새들이 거는 전화

마이크만 한 새들이 떨어뜨리는 노래

군함새 저어새 해오라기

얼마간 비축해 둔 힘으로

휠휠 홀홀 훨훨

식초를 잔뜩 친 새 성대 냉면

와사비를 잔뜩 얹은 새 날개 스시

푸드덕 파다닥

자유를 찾은 것처럼

곧 도살당할 것처럼

소쩍새 마도요 수리부엉이

귓구멍을 두들겨 패는 성질머리

불현듯 시작돼서 생각지도 못했던 방식으로

꾀꼬리 찌르레기 섬휘파람새

내리막길에서 손을 놓은 자전거의 속도

큰 날개 휘저어

춤을 추는 것처럼

다들 모여 어서

춤 구경이나 하라는 것처럼

새들이 도망

갔다 도망

갔다 도망갔고

도망갔다 도망

갔으나

끝내 도망가지지 않는 잡새들

훌훌 훨훨 훨훨

새들의 선회 연구
— 한 장의 사진

일단 사진으로 찍으면 정지.
한곳으로 집중되는 힘들과 지금 막
펼쳐지려 하는 힘들이 만들어 내는
그대들의 온갖 선(線)들도
그대로 정지.

그러나 찍기 전까지는 선회,
찍고 난 후에도 선회,
둥글고 둥글게 사과를 깎는 것처럼
공중의 껍질을 밀어내듯 부드러운 과도(果刀)의 동작으로
선회
새들이 선회한 자리에선 사과 향기가 나고

더 큰 원을 그려 봐야 원은 끊어지지 않아
다만 바닥에 떨어지는 사과 껍질처럼 착지할 뿐
천 년 전에 그랬던 것처럼
꼭 천 년 후에도 그럴 것처럼
깎아 놓은 사과의 속살 같은 하늘 남겨 두고서
그대로 착지.

그리고 그 자리에 다름 아닌
네가 있을 것.
내가 자른 사과를 부리로 쪼아 먹으며
부드러운 턱 운동과 함께
그 자리에서 가장 둥글게 울고 있는
네가 있을 것.
높은 곳에서 떨어진 사과가 산산조각 날 때
퍼지는 향기에는 상처 하나 없음을 수상히 여기다
그냥 거기 드러누워 언덕이 되어 버리는
언덕이 되어 그 향기 들이마시는
너는 있을 것.

흔적도 남지 않는 삶이 아니라
다 살아 낸 삶이 남아 있는 흔적과
이제 다 끝났다는 착각의 평화가 동시에 미끄러지는
넉넉하고 공평한 언덕,
평일이 모두 종말한 후
혼자 남겨진 주말의 완벽한 휴식 같고
졸음이 쏟아지는 베개 위로 흘러내리는

내용 없는 오후 같은 너의 언덕

거기 항상 내가 있을 것.
어떤 새가 또 태어나는 동안
어떤 새는 새로 태어나기도 한다고 말해 주는 내가
너처럼 나도 그렇게 항상
네 옆에 있을 것.
비 그치고 나뭇가지에 줄줄이 매달린 물방울 열매들
  그걸 따 먹는 새들의 목구멍이 순간 얼마나 맑고 시원해
지는지!
  옆에서 함께 숨죽이고 지켜보는 심정이 되어
  찰칵, 그대로 정지했다가

  함께. 다시 날아오를 것

간단한 몇 가지 동작들

우리 함께 땀 흘릴 때 땀구멍에서 새어 나오는 오래된 기도 냄새가 있어
일인용 침대처럼 홀로 삐걱이던 밤, 젖은 수건처럼 비틀어 짰을 기도의 오래된 물

냄새의 모든 단추를 풀고 들어가면 나오는 깊은 산정호수가 있어
타오르며 한사코 공중에 매달리는 물안개와 그 속으로 안기는 새들의 자욱한 날갯소리

그리고

커튼이 없다면 지금 이 방으로 부는 바람은 아무
쓸모도 없을 정도로 아름답게
커튼이 흔들리고 있어

그럴 때 사방에선

서서히

프로펠러가 돌아가기 시작하고

　지친 손가락들 잘려 나가는 대신 풀들이 땅 가까이로
좀 더
　몸을 눕히고 구원처럼 나는 너에게로 조금
　가까워지고 시간은 밤, 계절은 여름으로
　가까스로 프로펠러가 돌아가는 동안
　다시 그때 그 주말의 오후로

　　　　　　　　　　*

　그날의 커튼은 기억하지 바람이 어떤 순서로
　어떤 강도로 허공을 쓰다듬었는지
　그날의 바람은 기억하지 하늘에 뜬
　새들의 동작을 일일이 기억해 내고선
　공중에 적은 다음 바람에 날려 버리지

　시원한 열차에 올라 창밖 풍경을 다 갖고 싶어라고 말해
버리자, 리듬에 맞춰

시원찮은 문장들 따윈 바람에 날려 보내며

그동안, 새들이 낳고 먹이고 길러 낸 둥근 평화
우리가 컵에 담으면 컵이 되고 바다에 담으면 바다의 바
닥까지
내려가 보는 물처럼 될 순 없겠지만 그동안 새들의 선회
를 낳은 둥근 평화
우리가 사물 소리를 잘 내는 흑인처럼
지나가다 내 보는 헬리콥터 소리만으로 갑자기 모두
얼굴 가리고 고개 숙이게 만들 순 없겠지만
둥근 호수의 면상에 이는 무수한 파문, 떨어지면서 으악
이 되는 모든 음악의 속 시원함

그동안에도 새들의 알은 단단해지고 그 안의 출렁이는
평화,
네 안으로 이주하는 내 입속 새 떼들의 젖은 날개에서
떨어져 내리는 물방울들의 표면장력이 튼튼해지고
네가 회전할 때, 네 몸에서 떨어지는 땀방울들이 그리는
포물선의 아름다움

그때 그 시간이 그리는 완벽한 걸음걸이와 그 안의 둥근, 평화

　　우리가 동화 속 연인들처럼 동이 틀 때까지 놓지 않고 켜 놓은 환한 양손이
　　우리보다 먼저 졸다
　　살짝, 가볍게 벌어지고

　　이윽고 완전한 한 마리의 새로 펼쳐진 그것은
　　불 꺼진 손안에 그대로 안긴 채
　　다시 우리의 잠 속으로 날아들게 되는 거겠지

*

　　숨 한번 크게

　　들이쉬자 하나의 둥글고 고요한 호수로 펼쳐졌다
　　뒤늦게 그

위로 지나가는 한 척의 쾌속정이 일으키는 수만의 물결
들의 단추를 수면의 사방 끝까지 다

잠가 주고 나면

어느새 여기도 빈방이 되어 버린다 다른 모든 방들과 마
찬가지로

'다른 방은 볼 것도 없어' 당신은 그렇게 말했지만

반쯤 열린 문틈으로 훔쳐본 커튼
바람이 없으면 죽은 거나 다름없는 백색의 커튼은

침묵 속에 목매단 채

내리쬐는 햇살 속에

환히

타오르고 있었다

쌓아 올려 본 여름

여름이다

혼자 점심을 사 먹고 운동장 계단에 앉아 있는 여름

괜히 끊었던 담배 한 갑을 사서 정말 딱

한 대만 피우고 계단 위에 누워 보는 여름이다

개미들이 무언갈 미친 듯이 찾아 헤매는 여름

동네 아저씨 하나 학교 식당에서 혼자 밥을 먹고

오갈 데 없이 앉아 보는 여름이고

딱 한 대 피운 담배곽을 모르는 누군가에게 통째로 줘

버리는 여름

그 누군가가 나를 이상하게 쳐다보는 눈알 속의 여름이다

개미들아 내게 올라타서 놀다 가라

더 이상 날지 못하고 천천히 기는 매미들아

내 옆에 와서 생을 마쳐라

고장 난 티비나 세탁기 컴퓨터 삽니다

그래도 괜찮다

안 괜찮을 건 또 뭐야

나는 콘크리트 위에서 죽은 매미의 몸을 흙 위로 옮겨

주는 여름이고

공 차는 소리와 구름이 흘러가는 색깔이 구분되지 않는

여름

　　누워 있는 나를 슬쩍 구름 위로 옮겨 주는

　　힘이 남아돌고 시간이 남아도는 여름이다

　　아까 그 아저씨가 애들이 하는 축구를

　　승부차기까지 다 보고 있는 여름이고

　　그물은 골의 힘만큼만 출렁이다가

　　곧 제정신으로 돌아오는 여름

　　여름은 이윽고 자리를 비우고 잠시 화장실에 갈 것이다

　　수돗물 틀어 놓고 그 소리 듣고 있자면

　　잠시 폭포 앞에 서 보는 기분

　　여름이다

　　땀과 물이 뒤섞여

　　배수구로 집중되고 있는 여름

　　잠깐 누워 있던 여름이 깜박 조느라

　　구름 떼로부터 도처에 자유낙하 중인 여름

　　오면 오고

　　가면 가는 여름이다

　　짧은 치마를 입고 또각또각 걸어가는 여자보다는

　　그 여자의 다리와 볼록한 궁둥이를 멍하니 쳐다보다 고

개를

    돌리고 마는 노인의 표정에 더 반응해 보는 여름

    너는 자꾸 치마를 끌어내리고

    나는 여름을 최대치로 끌어올려 본다

    여름이다

    지난해 여름에 이어

    또다시 여름

    내년 여름은 아직 안 왔지만

    내년에도 여름은 오는 거겠지

    어떤 확신에 가까운 여름

    여름에게도 얼굴이라는 것이 있다면 참

    볼만할 거야

    운동장처럼

    하얗게 웃고 있을지도

    모든 것을 증발시키며

    정신이 증발했을 때

    홀로 버려질 몸뚱이처럼

    드러누워 있는 운동장 위에 홀로

    드러누운 여름

나는 여름의 타오름 속에 슬쩍 몸을 끼었고
잠시 같이 타올라 보는
여름
여름이다
여름이고
여름이고
여름이고
여름
나는 돌을 쌓듯이 거기 여름을 쌓아 놓고
발로 한번 차 본다

비 맞는 운동장

비 맞는 운동장을 본 적이 있는가
단 한 방울의 비도 피할 수 없이
그 넓은 운동장에서 빗줄기 하나 피할 데 없이
누구도 달리지 않아 혼자 비 맞는 운동장
어쩌면 운동장은 자발적으로 비 맞고 있다
아주 비에 환장을 한 것처럼
혼자서만 비를 다 맞으려는 저 사지(四肢)의 펼쳐짐
머리끝까지 난 화를 식히기 위해서라면
운동장 전체에 내리는 비로도 부족하다는 듯이
벌서는 사람이 되어 비를 맞고
벤치에 앉은 사람이 되어 비를 맞고
아예 하늘 보고 드러누운 사람이 되어 비를 맞다가
바닥을 향해 엎드려뻗쳐 한 사람이 되어 비를 맞아 버
린다
혼자 비 맞고 있는 운동장, 누가 그쪽으로
우산을 든 채 걸어 들어가는 걸 본 적이 있다
검은 우산을 들고 있어서 멀리서 보면 무슨 작은
구멍 같아 보이는 사람이 벌써 몇 바퀴째
혼자서 운동장을 돌고 있는 것이었다

아무도 비 맞으며 뛰놀진 않는 운동장

웅덩이 위로 빗방울만 뛰노는 운동장에서

어쩌면 운동장 구석구석에 우산을 씌워 주기 위해

어쩌면 그건 그냥 운동장의 가슴에 난 구멍이

빗물에 이리저리 떠다니고 있는 건지도 몰랐지만

공중을 달려온 비들이

골인 지점을 통과한 주자들처럼 모두

함께 운동장 위로 엎질러지는 동안

고여서 잠시, 한 뭉테기로 휴식하는 동안

우산은 분명

운동하고 있었다

혼자서 공 차고 노는 사람이

혼자서 차고

혼자서 받으러 가듯

비바람에 고개 숙이며 간신히 거꾸로

뒤집어지지 않는 운동이었다

상하 전후 좌우로 쏟아지는 여름의 십자포화(十字砲火)를
견디며

마치 자기가 배수구라도 되겠다는 양

그 구멍 속으로 이 시의 제목까지 다 빨려 들어가 버려
종이 위엔 작은 구멍 하나만이 남아 있을 때까지
이번에야말로 기필코 자신을 소멸시키겠다는 듯이
가까스로 만들어 낸 비좁은 내부 속으로
하염없이 쏟아지는 빗소릴
집중시키고 있었다

총칭하는 종소리

빗속에 울리는 종소리
그것을 우중(雨中) 행군이라 총칭한다
모든 것을 총칭하느라 아주 멀리까지 퍼진 종소리가
좍좍 비를 맞으며
불완전 군장으로
판초도 없이 푹
숙이고 간다
속옷까지 젖어 버린 종소리
이 지경까지 헐벗은 행군
종소리는 좌우로 밀착하고 종소리는 불현듯
천둥을 함축한다
구름을 소화한다 번개를 배출한다
전투기를 잡아먹고 초음속 비행하는 소리를 흉내 내는
구름들
과거시와 현재시와 미래시를 압축하고 속으로 깜빡깜빡
비상등을 켜 보며
격추당하는 소리를 흉내 내는 삐뚤빼뚤한 사선들
꽃밭에는 꽃들이 모여 살고요
종 속에는 기합이 모여들지요

총동원할 것

물집을 식량을 다양한 군사 지식을

뭉쳐서 장음(長音)이 되는 온갖 단음(短音)들을

이를테면 바다가 넓은 줄 알아 무한정 마셔대는 고래들*
처럼

불가능을 진동시키며 오로지 웅웅거림으로써만 기능할 것

집중된 독재자의 연설

뻗어 나간다

마이크 없이

온몸을 마이크로 쓸 줄 알아서

퍼붓는 빗속에 플러그를 꽂아 버리며

종은 종 안의 인간을 여기 다 풀어놓기로 한다

종소리는

죽지 않는다 낙오하지 않는다 오직 적멸에 들뿐

푹 젖은 상하의 탈의하지 않는다

그 앞에 고개 숙이고 땅바닥에 최대한 가까워져

절하는 세상 모든 빗소리들

그 대량의 고개 숙임들 위로 종은 또 한 번 와락 종 속
의 내부를

쏟아 내고야 만다
귓구멍 속으로 기어들어가 장착되고
만장일치로 폭발을 시도하기로
이제 제발 작작 좀 해라
세상의 장단에 좀 놀아나면 어때
해가 좀 뜬다
계급도 군번도 없다
빗소리 잦아들어
이때를 경배하라
마른 종의 침묵이 귓속 심해로 가라앉는 소리
속에서 쫙
벌어진 채 다시는 붙지 않는
다리처럼 턱관절처럼
연한 식물의 줄기들 같은 흔들림 속에서
쥐 죽은 듯 취침할 것
좌로 취침하든
우로 취침하든
아무려면 어때
그것을 궁극의 잠꼬대라 총칭한다

이것이 내 몸에서 난 소리라는 사실에 뒤늦게 놀라 뒤틀
리며

그 놀람이 내려친 맑음 속에서

골 때리도록

골 때리도록

이토록 청정한 무량광 속에서

나도 모르는 사이

너라는 운해에 스며들고 있었다

운해의 성분들을 뒤엎고 갈아치우며

도처에서 세워지고 무너져 내리는 음향의 적멸보궁이 되어

와라

와서 나의 극광이 되어라

허공 속으로 쫙

찢어지는 번개처럼

한달음에 달려가 두 눈 꽉 감고

최선의 소리로

최전선의 소리로

확! 거기 뛰어들어라 울려 퍼져라

두 발 쭉 뻗어 버려라

가서 너의 극락이 되겠다

* "鯨知海大無糧飮", 出處未詳.

바라나시 4부작

연날리기

갠지스 강변에 가면 늘 연 날리는 아이들이 있지
하늘 끝까지 풀어 올린 연 더 이상 보이지 않는다 생각
할 때
마음 다 놓아 버리고선 어두워진 강변 신나게 내달리지

그러던 어느 날 보이지 않던 연들 강풍에 흔들리고
팽팽하던 실들 낚싯줄처럼 요동치기 시작하면
잊고 있던 실에 마음 베이는 아이 하나둘쯤, 있었는지도
몰라

하늘이 없었다면 떨어질 것도, 다시 띄울 것도 없었겠지만
어차피 우린 모두 하늘에 담겨 헤엄치는 아이들
한때 하늘을 점령할 듯 연 날리던 아이들

그동안 너무 많은 연을 띄웠으므로
팽팽히 당겨진 수만 개 연줄들로 뒤엉킨 마음은
아직도 줄 놓는 법 알지 못하지

누가 뭐래도 하늘엔 줄이 없어
줄 달린 연들이 어쩔래야 어쩔 수 없는 거니까,
어차피 우린 모두 하늘에 빠져 익사하는 아이들

POSTCARD

안녕, 늘 오랜만인 당신. 내가 흰 소들에 대해 말해 준
적 있었던가. 골목에서 사람들의 이야기 빼곡히 담긴 신문
지나 아직 밥 냄새 채 가시지 않은 종이 접시 따윌 꼭꼭
씹어 먹는 소들을 보고 있노라면 누구나 누군가에게 엽서
한 장 쓰고 싶어지는 저녁이야

오전에는 파리 떼처럼 잉잉대며 하늘 유영하고 있는 수
백 마리 연의 무리 올려다보다 그만 그동안 우리 함께 하
늘로 띄웠던 몇 개의 연들을 떠올려 버렸어. 이젠 연줄 모
두 끊어 버린 하늘인 척해 버려도 괜찮은 걸까, 하고 생각
했을 때 방금 화장터에 도착한 20인분의 목재가 구석에서
풍기던 유난히도 쓸쓸하고 축축한 냄새

오늘도 일곱 시면 텅 빈 배를 붙잡고 태양은 죽어 가지
만 어쩌겠어, 이미 열기는 식었고 네가 내 메일 읽느라 밥
을 태울 일도 이제는 없을 텐데. 그러나 창을 열면 어느새
새로운 계절이 도착해 있을 저녁은 과연 지금 어디쯤 오고
있을까, 라고 쓰고 저녁 하늘에 붙여 보려 애쓰는 우표들
을 한없이 바라보는 날들이 있어. 지금 네가 읽는 하늘은
어떤 표정의 구름들 배달하고 있을까, 당신의 하늘 아래
서서 몰래 올려다보고 싶어지는 저녁에

다시, 연날리기

온종일을 날고 달리고 뒤엉키고 부서지느라
결국 만신창이가 되고 만 연은
초저녁 조용한 강물에 수장시켜 주었다

숙소로 돌아가는 길, 골목에 남은 빛 쪼아 먹던 새들은
검붉게 번진 하늘 너머로 떼 지어 흡수되는 중이었고

골목 여기저기 버려진 혹성처럼 처박혀 있는 노인들
적막한 그들의 얼굴은 이미
바람 모두 쫓아낸 하늘의 심심함이었다

그리고 결정적으로 방문 앞에 이르러 열쇠를 찾고 있을 때
언제부터였을까,
모르는 새 나의 발목에 감겨 여기까지 풀려 온
연줄을 보았다
(그때 몇 겹의 비린 바람
도처에서 서서히 일어나고……)

이 밤, 외로운 누군가 나를 날리며 놀고 있는 것일까

당신의 발목에도 어쩌면 연줄이 감겨 있는지요
우주의 가장 어두운 아래층에서, 생의 마지막일 무엇처럼
그렇게 나를 간신히 붙들고 있는 당신
혹은 내 간절히 붙들고 싶던 당신
각기 다른 장소, 다른 시간 속에서 우린
사이좋게 둘이서, 고요한 하늘에 나란히 손잡고 빠져

보기 좋게 익사하고 있었습니다

아르띠 뿌자*

떠나 버렸다고
버려 버렸다고 믿은 것들 전부
다시 다 되돌아왔다
내가 달려 나가 줍지 않아도 남이 주워다
대문 앞까지 가져다주는 날 있었다
그놈에게 한바탕 욕지거릴 하더라도
돌아온 것, 다시 내쫓을 순 없었고

가트**에서 푼돈 주고 사 강물에 띄워 보낸 디야***
떠나보낸 줄 알고 뒤돌아보면 이미
그 자리에 없다
사라진 게 아니라 디야 파는 아이가
떠내려갈까, 금세 다시 떠올려 좌판에 되돌려 놓은 것
누가 거기다 대고 꽃 모두 시들 때까지 온갖

추잡한 욕 퍼붓는 것 보았지만
어떤 침몰한 기억도 깊은 강바닥 물고기들이 알아보곤
그 앞에서 잠시 놀다가는 법

피어난 죄로 무참히 꺾여서
헐값에 팔리고
다시 실에 묶여 떠내려가지도 못하는 빛,

그 빛을 사고 또 샀다
모든 여정(旅程) 탕진하고
마침내 두 주머니 텅 빈
부랑자가 되어 있었을 때까지

…… 그리고 잠에서 깨어났을 때
물에 푹 젖은 연처럼 무거워진 몸으로
누가 울고 있었다

한 번 뒤돌아볼 때마다 깊어지는 수위를 느끼며

그럼 이제 안녕,

이라는 말에 스미는 뒤늦은 추위를 느끼며

이미 멀리

떠내려가 있었다

* 불로써 신께 경배드리고 은총을 받는 제식.
** 강으로 이어진 계단.
*** 작은 양초와 꽃을 담은 나뭇잎 보트.

2부

레코드 속 밀림

1

예술은 두 종류,
차가워지거나 뜨거워지거나

목이 쉬면 빛이 바래는 가사가 있고
휘발된 노래 밑바닥에 반정부군처럼 살아남아
지구 반대편 지원군을 불러 모으는 가사가 있지
그러거나 말거나 변함없는 사실은

마음을 다하면
판은 돌아가는 거

2

봄밤, 짐승들이 합창하는
레코드 속 밀림의 고요
식지 않은 피를 신고서 최대한 무리하지 않게
어슬렁거리는 무리들

이것이 바로 열대우림에서 맞는 봄밤
따뜻한 비를 맞는 호랑이들의 피부에 핀 착한 꽃들이
질 때
그들을 달래며 적어 보는 부드러운 밀림서(書)

호랑이는 두 종류,
찢어지거나 불타오르거나

밤의 정적 속에 점화되는 눈알들의 냉정함
밤의 고요 속에 이글대는 살가죽의 뜨거움

그걸 헷갈리면 당신은 끝장

마음이 다하면, 결국
판은 그만 돌아가는 거

3

울울창창 밀림이 깊어만 가는 밤이고

그래 봤자 무료한 반복재생
겨우 ㅁ과 ㄹ의 자리바꿈에 불과하겠지만

마음이 다한 자린 이미 겨울이어서
두꺼운 침묵 한 장 껴입고 사냥을 나설 때
얼굴엔 짜작, 단번에 금이 가는 거

잊고 지냈던 화려함들은 어느새 훌륭한 장작이 되어 있
었네
그 위에서 불타는 마음

4

호랑이 요리는 두 종류,
꽁꽁 언 눈알의 단단한 차가움과
가죽의 뜨거운 화염

차가운 눈빛 삼킬 땐
밀림에 찬비 내려

이글거리던 내장이 식고
칼로 썬 화염 씹어 먹을 땐
뜨거운 아궁이 속에서 들끓는 비명
누구라도 뻘뻘 땀을 흘리지
젖는 건 마찬가지

있을 수 없지 밀림의 암전(暗轉)이란
호랑이의 암전은 가당치 않아

그러므로 우리란,
산산조각 난 레코드판에서
죽지도 못하고 기어이 기어 나오고 있는 것

마음이 있는 한.

구경거리

빈 와인 잔에 포획된 채 한참을 이리저리 발버둥 치고
미끄러지기만 하던 그리마는
마침내 도망갈 곳이 없다는 걸 알게 되자
난폭해지는 대신 잠시 시동을 끈 채
완전한 침묵에 들었다
이 의외의 태도 앞에 나는 좀 놀랐고
나의 놀라움 따위엔 아랑곳하지 않은 채
그리마는 이윽고 몸을 살짝 휘고는
오른편에 있는 다리들부터 시작해 처음부터 하나씩
차례로 핥아 주더니 다시 왼편에 있는 다리들을 처음부
터 하나씩
끝까지 차례대로
방금 빤 물걸레로 교회 바닥이라도 닦고 있는 여인네처럼
매우 정성 들여
숭고하기까지 한 모습으로
마치 너무 많고 긴 자신의 다리 하나하나가 고대의 필사
본이라도 된다는 듯
무언갈 아주 조금씩 씹어 삼킬 수밖에 없을 듯한 저작
형(咀嚼型) 입으로

책장을 넘기듯 하나하나씩
핥아 주는 것이었다
숙연해진 마음에 그리마를 놓아주면
다시 저 멀리 흘러가는 다리들
그것은 분명 처음 보는 물결이고
저 물결조차 없다면 육신은 얼마나 초라할 것인가
강이 없는 강변처럼
인파가 없는 강변의 카페처럼
그러므로 물결이 있다
물결이 있고
그 물결이 동반하는 강변의 풍경이 있다
하루의 요철을 다 견뎌 낸 후 잠시 카페에 앉아
와인 잔의 다리나 만지작거리고 있는 내가 있고
새벽이 다 되어 가는 강변
세느 강이라 해도 좋고 홍제천이라 불러도 좋을 그곳에서
마치 지금 자신은 갇혀 있지 않으며
누구에게도 보이지 않는다는 듯이
혹은 누가 좀 보면
어떠냐는 듯이

여유를 부리던 그리마를 떠올리며

다시 한 번 잔을 드는 내가 있다

붉은 와인이 수천 개의 다리를 달고서

목구멍 속으로 기어들어 와 완전히 침묵하는 밤

나 역시 도망칠 곳은 없다는 사실을 골똘히 떠올리며

잔을 비우고 자리에서 일어나

아무렇게나 한번 흘러가 본다

와인 잔 속으로 흘러들어 왔다

와인 잔 밖으로 흘러가던

그리마의 물결을 흉내 내며

그리마의 심정으로

그러나 그리마만도 못한 나의 물결을

와인 잔 밖의 그대들이여

그대들이나 나나

인간은 하나의 구경거리

실컷 감상하시라

지네의 밤
—— Massive Attack

누구도 자네의 아름다움을 보지 못하는 아주 멍청한 밤
일세

허물을 벗을 때마다 아주 길어지는 지네들이 기어 다니는
아주 검고, 붉은!
빛나는 키틴질의 밤이란 말일세

어디선가 자네 마누라가 허물을 벗고 있을 아주 은밀한
밤이라고 말하면 자네가 이해하는 데 도움이 될까

지네의 밤,
온 마디가 하나의 악절인
여러 편의 악장이 이어진 교향곡이 방구석을 기어 다니
는 아주 웅장한 밤이란 생각이 들지, 않느냔 말일세

그 많은 다리가 고작 한 마리의 것이라니
그 많은 다리가 한꺼번에 움직일 때마다 와르르 연주되
는 음악은 썩, 훌륭하지 않은가! 이 말일세

상상할 수나 있겠나?

수백만 년 전, 우리가 고작 네발로 기어 다녔을 뿐이던
시절

그때 어디 감히 음악 같은 게 있었겠나

자네가 침대 위로 무지막지하게 내팽개쳐지기 시작할 때

누군가는 이미 먹히고 있고

누군가는 이미 먹고 있다는 걸

이제 자네도 알 만한 나이가 되지 않았는가, 이 말일세

누군가는 은밀히 어둠 속에서 하이힐을 벗고 있고

누군가는 더욱 은밀히 구석에서 입맛을 다시고 있다는 걸

지네나 자네나 둘 다 모른 척, 잠들어 봤자

우리는 다리가 아주 많이 달린 징그럽고 아름다운 꿈에
실린 채 또 온갖 곳들로 데려가지고 있겠지

거기 털은 또 얼마나 많이 나 있겠나?

몇 시간을 걸어 올라간 끝에 도달한 아주 높은 언덕, 위
에서 수백 미터나 되는 열차,

소화불량이던 역의 플랫폼과 대합실 전부를 집어삼키고
가는 열차가 겨우 한 마리 다족류로 보인 적이 있다네
　데칸고원에서였지
　그러나 한 마리 지네가 낳는 새끼의 수는 또 얼마나 많
은가, 이 말일세
　거기 다리는 또 몇 개나 달려 있겠나?

　지네의 밤,
　생각만으로 혼미해지는
　믿을 수 없이 빛나는 횡설수설의 밤일세

　나는 인류의 미래보단 지네에게 할당된 다리 수를 믿겠네
　지네가 계속 태어나 열차보다 오래 살아남을 거란 쪽에
내 두 다리를 걸겠네
　갓 태어난 지네는 또 얼마나 아름다운가?

　이보게, 지네가 기어 다닐 땐 문틈으로 바람 부는 소리
가 난다네
　문도 안 열어 놨는데 문은 이미, 벌써, 언제나 열려 있었고

지네가 늘어날수록 바람은 더 크고 아름다워져 문을 미친 듯이 열어제끼고 박살 날 만큼 세게! 닫아 버리겠지

세상 모든 지네들의 다리를 헤아리다 바람 속에서 잠들어 버리고만 싶은 밤일세

갑자기 모든 게 너무 동시다발적으로 일어나고 있네

자네는 이걸 고작 유사 생물학적 키네틱아트 정도로 생각하고 있나?

쉽고 간단할 것, 그네라도 타는 것처럼

그러니 자네도 한번 지네를 타고 인간이 한 번도 기어들어 가 보지 못한 곡선 속으로 기어들어 가 지네처럼 둥글게 몸을 말고 빛나 보는 게 어떻겠나

지네는 술에 떡이 돼 바닥을 기어 다니는 여대생으로 둔갑할 수도 있고

술이 깨고 나면 기립할 수도 있을 것이네 물론 지금의 자네나 나 같은 모습으로도

그러곤 사랑하는 이들을 힘껏 껴안아 줄 테지

사랑하면 두 팔로만 안아도 좋은데
몇십 개의 팔에 안기는 기분은 또 어떻겠나!

테이블 위에는 자신을 통째로 토하며 죽어 가는 지네가
담긴 하나의 술병이 놓여 있고

쓰러진 술병에서 흘러나온 술은 테이블 위로 활짝 펼쳐
지다 모서리에 이르러 줄줄 혹은 뚝뚝 떨어지는 거겠지
또다른 지평으로, 부드러운 평면으로! 오늘 밤, 네가 갖
고 놀던 장난감이 너를 갖고 놀고 있었다는 걸 발견하게
될 때까지
나는 모든 다리들이 연결된 모든 몸뚱아리들을 밤새 지
맘대로 끌고 다니는 것을 허용하노라

지네의 밤,
빛나는 키틴질의 밤이고
최상급이 모든 나머지를 무력화시켜 버리는 밤

저기 길고 놀라운 웃음소리가 꺄르르르르 기어가고만

있네

　지네 한 마리가 한 번에 들 수 있는 악기 수는 또 얼마
나 많겠나?
　지네 한 마리가 한 번에 들 수 있는 모든 기타와 보컬들
과 드럼들과 베이스들이 내장한 온 마디가 저려오는 경련
과 발작 들이 구불구불 기어 다니는 바닥은 분명,
　간지러울 거야 그럴 땐 바닥에 드러누워 하하하히히히히
드르륵드르르륵! 하루 종일 열렸다 닫혔다도 해 보고 웃음
으로 제 얼굴 뒤흔들다 얼굴이 와장창! 무너져 내려 보는
것도 나쁘지 않겠지

　나쁜 거? 나쁜 건 없지
　그런 건 이미 무수한 다리들을 빌려 이 땅에서 서서히
증발하고 있을 거야

　털이 너무 많이 난 횡설수설,
　광란의 로큰롤일세

개미지옥(前)
―― 백주(白晝)의 악마*

잠시 그 생각에 골몰해 있던 개미 소년은
어느새 대열에서 멀어져
혼자 남은 자신을 발견했다

당황해서, 불개미도 아닌데
두 더듬이로부터 통통한 배에 이르기까지
온몸은 시뻘겋게 달아올랐고
열심히 고기를 굽는 불판처럼 정상을 독차지한 태양은
오로지 자신만의 사업에 골몰하고 있었는데

어제 여왕 폐하로부터 사형을 선고받은
이웃집 개미 친구를 떠올린 개미 소년은
더욱 벌겋게 달아오른 몸으로
한동안을 그저 멍하니 서 있었다
개미는 고기도 아닌데
뜨거워진 태양에 어쩔 줄을 몰랐고
검은색 거대한 갑충들이 코 고는 소리가
기다란 풀을 간질이는 몽상적 오후 한 시였다

두려움을 떨치기 위해 개미 소년이 떠올린 짓이라곤
즉석에서 노래를 만들어 부르는 일,
그렇다고 개미는 식물성도 아닌데
마치 새파란 풀잎처럼 떨리는 음성으로

오, 하늘의 흰 구름 떼는 달달한 빵 조각!
제가 한입 뜯어먹어도 폐가 되진 않을는지?

오, 하늘의 흰 구름 떼는 방금 잡은 신선한 양고기!
제가 한입 뜯어먹어도 놀라시진 않을는지?

그러나 노래는 영 신통치 않았고
오로지 배가 고프다는 사실만을 떠올려 줄 뿐이어서
개미 소년은 힘을 아끼기 위해 다시금 멈춰 섰다
노래 부른다고 밥이 나오냐 떡이 나오냐
꾸짖으시던 어른 개미들을 떠올리며
어른들 말씀이 다 틀린 건 아니었구나
생각하며 먹을 걸 찾아 주위를 둘러보던 중

저 멀리,
송장벌레 사내들이 지렁이 아가씨를 습격하고 있는 광경
이 포착됐다

지렁이 아가씨는 수치심에 몸을 배배 꼬고 있었지만
지렁이 아가씨의 꼬리에 얻어맞은 송장벌레 한 마리의
허벅지가
퍼렇게 멍이 드는 꼬락서니를 지켜보며
지렁이도 밟으면 꿈틀한다는 어른들의 말씀이
영 틀린 건 아니었구나
생각하며 다가가 말을 건넸다

── 송장벌레 선생님들, 안녕하신지
바쁘신 와중에 죄송한 부탁이지만
감히 제가 이 파티에 동참해도 될는지 여쭙고자
이렇게 용기 내어 말을 걸어 봅니다

── 우훼훼, 개미 선생도 원 별말씀을 다!
즐거움은 나눌수록 배가 되는 법

불개미들의 어록에 이런 속담은 없나 보죠?

늘 모든 걸 혼자서 독차지하던 개미 소년은
심한 부끄러움에 대충 말을 얼버무렸고
선생이란 말에 다시 한 번 얼굴 붉히며
감사를 표하고 파티에 참석했네

한 시간쯤 지났을까, 지렁이 비린내 진동하는 몸 이끌고
개미 소년은 다시 길을 떠났네
구름 떼는 그새 기분 나쁜 일이 있었는지
영 어두운 표정으로 변해 있었고
개미 소년은 잘 알지도 못하는 길을
별 수 없이 열심히 걸었네

(둘이 같이 고기를 굽다가
하나가 돌연 채식주의자로 변해 버렸을 때
남은 하나는 좋아라 고기나 씹었어야 했을까
아니면 불판을 엎어 버렸어야 했을까)

이런 생각을 하는 동안

잡초처럼 조금씩

악(惡)이 싹텄고

악의로 가득 찬 개미 소년은 뜨거웠던 자신의 붉은색 이마가

서서히 식어 가고 있음을 느꼈다

하늘에서 회충같이 얇고 긴

비가 내리고 있었다

* 애거서 크리스티의 소설.

개미지옥(後)
— 살아 있는 시체들의 밤*

이것은 싸구려 여인숙에서 꾸는 꿈
찬비에 젖은 하루, 딱딱해진 발바닥이
〈♨욕실 완비〉된 꿈자리에서 풀어지는 이야기

집으로 돌아가지 못한 한 마리 벌레의 예기치 못한 외박
속에서 식지 못하고 부글, 부글거리는……

마침내 뜨거운 욕탕으로 기어들어 간 개미 소년은
몸에서 벗겨져 영혼처럼 물속에 풀리는 지렁이 살냄새
도 망각한 채
다시 한 번 그 생각에 골몰했다

(집을 버리고 길을 떠도는 까닭은
여인숙에서 꾸는 꿈이
개미집에서 꾸는 꿈과
다르기 때문이다

삶이라는 비바람 속에서
휘적휘적 걸어갈 만큼 시야 넓은 곤충은 없었으므로……)

개― 아니면서 속으로 개소리를 지껄이다가
다시 한 번 무지막지한 질투에 사로잡혀
질투, 투쟁, 쟁취……
중얼거리는 것이었다

한마디 한마디씩 내뱉을 때마다 지렁이 비린내로 진동
하던 욕탕은 어느덧
어제 죽여 버린 암개미 냄새로 들끓고 있었고

암개미가 떠나간 방에 남아
나는 홀로 방 청소를 했었지
계집의 유령 같은 바람이
시종일관 밖에서 창문을 두들겨 대던 밤
계집의 흔적이 남은 방에 홀로 갇혀
벌이라도 받는 학생처럼
깨끗해진 방 한가운데 한참을 우두커니 서서
죽어 가는 암개미의 시체를, 시취를,
아니 차라리 암개미의 더러운 말들을 치워 버리기 위해
멍든 암개미를 업고 공동묘지로 잠입했던 지난밤

죽인다,

진짜 죽여 주신다

……내가 인생에게 해 줄 수 있는 최고의 찬사는
죽여 주신다, 정말 나의 인생은!

죽인다는 말은 내가 끝장난다는 말
너한테 이길 수는 도저히 없다는 말
그러나 지는 게 영광이라는 말
그리하여 너는 이제 끝장낸다는 말
그냥 지금 죽어 버려도 여한이 없다는 말
차라리 사라지고 싶다는 말
다른 삶은 무가치하게 만들어 주시는 말

욕탕 속의 개미 소년은 자신이 만드는 말놀이에 도취돼
수학 시간에 배운 몽상을 노래했다

결국 도형들의 세상

원이라면 참 좋겠지만
너무 많은 삼각형
사각형은 차라리 두 마리
그리고 버려진 다른 두 마리를 남겨 두지만
너무 많은 삼각형
너무 많은 두 마리
너무 많은 혼자

그러나 어젯밤에 하지 못한 수학 숙제가 생각나자
곧장 회초리를 맞는 기분이 되었고
창밖에는 여왕 폐하가 불호령을 내리시는지

벼락은 우선 찢고 본다
찢기는 것이 하늘이든
너희들의 가죽이든
번개가 함께하는 것은 그 때문
벼락을 잘 보라고
벼락에 찢겨진 것들을
너희들은 똑똑히 쳐다보라고!

개미 소년은 금세 두려워져
박살 난 유리창 같은 표정으로
악마에 사로잡힌 목구멍으로 외쳤다!

악마! 마귀! 귀신!

......

바닥에 떨어진 단어들은 더듬이가 잘린 개미 떼처럼
맴을 돌다가 소용돌이 같은 몽상으로 변해 갔고

그러자 자연스레 어제저녁의 설교가 떠올랐다
개미들 모두 모여 똥구멍에 새카맣게 힘을 주고
언덕에서 들었던 설교

── 조금씩 부풀어 오르는 회색 풍선의 무리 아래로
   깊어 가는 저녁 하늘, 화살표로 그어지는
   철새들의 이동 경로
   똑바른 화살표는 평화와 안정감을 주지만

이탈하는 한 마리 새는 묘한 쾌감을 줍니다

그러나 여왕 폐하께서 곧 이어서 말씀하시길,

— 저 또라이 새!

그러자 어디선가 갑자기,

— 어딜 가나 또라이 같은 놈들 하나씩 있어
　숨통이 트이는 법이지요 (웅성웅성)

이것은 어제 여왕 폐하로부터 사형을 선고받은
이웃집 개미 친구의 어록에서 발췌한 문장
당신이 그토록 사랑했던 개미새끼!

— 개미귀신은 또라이 개미들을 잔뜩 잡아먹어서
　언젠가 명주잠자리가 되어 하늘을 날겠지요

이것은 악마에게 사로잡혀 길 잃고 방황하는

처량한 개미 소년의 어록에서 발췌한 문장······

방황에 지친 개미 소년은 이윽고 따뜻하고 축축한 잠에
빠져들었다

······ 그때 나는 그녀를 업고 데이트 중이었지
사랑스러운 그녀는 속옷 가게 앞에 나를 멈춰 세우더니
저 팬티 예쁘지 않아? 우리 다시 사랑할지도 모르는데
그때를 위해 한번 입어 봐도 될까? 씨불였어
우린 아직 데이트 중이었는데, 속옷 가게 앞에서
그녀는 마치 우리가 헤어진 연인이라도 된 것처럼 그렇
게 말했다
나는 아직 꿈속에서도 너의 더듬이 길이를 외울 수 있
을 정돈데······
자꾸 날씨가 추워진다며 그녀는 나를 꼬옥 안았다 등
뒤에서
어리둥절해질 정도로 세게, 그럴수록 세계는 더욱 차가
워졌지만
나는 그녀를 꼬옥 붙들고 침착히 주위를 살핀 후

83

어두운 숲속으로 기어들어 갔다……

결국
그토록 뜨거웠던 욕탕도 식고 말고
불타오르던 사랑은 불태우는 사랑이 되고 말고
그 온갖 잿빛들 위로
생전 처음 추락해 보는
저 하늘 위
한 마리
새

피가 빠져나가는 육신처럼
당신의 음모를 엿들었을 때처럼 아득한
현기증을 느꼈을 때
지금껏 더할 나위 없이 고요하던 창밖
푸른날개긴밤나비의 펼쳐진 양 날개 같던 새벽이 희미하
게 접혀 오는 대지 위로
자욱이……
안개가 일고 있었다

얼마나 더 많이, 오래 밟혀야 하는지

그 광활했던 세상이 별안간 얼마나, 협소해질 수 있는지! 깨닫게 해 주며

이제 불과 백 미터 앞으로 다가온 병정개미 군단이 일으키는 자욱한 군홧발 소리가

개미굴 같은 귓속 무참히 짓밟으며

성큼,

성큼

쳐들어오고 있었다

* 조지 로메로 감독의 영화.

전변(轉變)

흙을 퍼 항아리를 빚는다

시체들이 묻혔던 곳
하루 십 톤의 흙을 퍼 나른다
굵은 입자에 색이 붉은
무려 십 톤의 영혼들

힘과 기술이 요구된다
항아리를 위해서라도
뭐라도 잊기 위해서라도 잘 때려
반죽해야 한다
더 단단해지기 위해

일단 단단해지지 않으면 어디서, 어떻게
깨질 수도 없으므로
널 위해서라도 아주
빨리빨리
빨리빨리

가마처럼 아주

뜨거워졌다가

죽은 지 몇 분이나 지났는지 알 수 없는 거미
한 마리처럼 차갑지 않을 정도로만 식어
빠져야 한다
식어 빠진 채로 구석에 서서 가만히
기다릴 줄 알아야 한다

손잡이를 잡고 어디로, 어떻게든
옮겨 줄 수 있도록

달팽이 집을 지읍시다

그러니까 나는 내가 돌아 버린 것들 틈바구니에 있느라
돌아 버린 건지 아니면 나도 원래 그들 중 하나여서 내가
너희들을 더욱 돌아 버리게 한 것들 중 하나였는지 한참을
헷갈리느라 정말이지 아주 돌아 버릴 지경인데……

하루는 몸속에 팽이 하나 돌려 놓고

그 팽이가 쓰러질 때까지 생각해 본다

자꾸만꿈만꾸자는 그 말,
그 속으로 들어가면
끝없는 나선계단을 걸어 내려가야 하는 주문처럼

몸속에 팽이를 돌려 놓고
서서히 거기
빠져들어 본다
내 몸 안으로 나를 한 걸음씩 걸어
들어가게 해 본다

인체의 신비를 모두 파헤치고 난 후
두려워할 건 아무것도 없다는 사실에 극도로 나른해질
때까지

모든 게 주어진 조건 속에서 일어나는 당연한 일임을 알
게 됐을 땐
팽이는 이미 멈춰 있을 것이고

쓰러지고 나서도 생각해 본다
절벽 끝으로 몰린 머리가 새하얘질 때까지

팽이는 힘이 다하고 나면 제풀에
쓰러지고 마는 것이다
너무나도 당연하게
슬퍼하고 자시고 할 것도
그럴
겨를도 없이

그러나 저 보름달!

보름달이 뜨면
슬퍼하는 이 여럿
기뻐하는 이도 여럿

강강수월래를 추며 다 같이 돌아 버리는 밤이 여럿

달팽이 안에서 달팽이 밖으로
달이 팽이처럼 돌아간다
제자리에서 최고 속도로
최면을 걸어
나는 달팽이라고
라르고(Largo), 라아르고오오오오

달팽이 속의 달이 뜨고
그 둥그런 탄창 같은 달이 돌아가기 시작하는 것이다
달팽이 속의 팽이처럼 돌아가기 시, 작, 하, 고,

그럼 나는 그걸 한 번 힘껏! 후려쳐 보는 것이다
더욱 빨라지는 강강수월래

달팽이 안에 천둥이 치고
번개가 껍질을 박살 내고

달팽이의 술주정!
빈 술병 위를 기어가는 달팽이!
번개 문양으로 박살 난 술병 위를 지그재그로 기어 다
니는,
집에서 쫓겨나 급한 김에 자기 집만을 들쳐 메고 나온
늙고! 무능한! 달팽이!

잊을 만하면 언제나
잊지 못할 일이 날 들이받고
밤새 나는 아주 멀리 가서
아침이면 아주 먼 거리가 되어 있곤 했다

그 위로 왕소금 같은 비가 내리고

지치면 오늘도 그냥 그 자리에서 곯아떨어지는 이가 여럿

몬순 블루스

쌀국수, 하고 불러 보면 벼 이삭은 갑자기 누렇게 익어 저녁 논의 혼을 다 빼놓고

창녀들은 국수를 먹는다 문밖으로 비는 내리고
노곤한 나방들 하나둘 벽지(壁紙)로 스며들 즈음
자전거에 실려 가던 오징어들의 몸은
젖어 들기 시작하겠지

난생처음 찾아온 우기와
처음 만들어 본 우산 사이의 어느 오후 같다

멍하니 비는 내리고 내려 앞에 놓인 국수가 다 불어 터지는 동안에도 남자들은 기껏해야 따뜻한 물이나 흘려 댈 줄밖에 모르는데
창밖으론 한 무리의 오징어들 거대한 물기둥 헤엄쳐 올라 수면으로 상승하고 있었다
여전히 납작이 눌린 꼴이라지만 물속에서는 얼마나 우아한가, 투명한가!
자전거를 버리고 뒤에서 열심히 따라 헤엄쳐 오고 있는

오징어 장수의 자세와 표정 역시

　비가 억수같이 퍼부을 땐 우산 따윈 아무 소용도 없다
는 걸 깨달으며
　가게 안에 들어가 바깥의 온갖 것들이 함께 비 맞는 걸
　둘이서만 지켜본 오후 같다

　수면 위로 올라온 오징어는 풀풀 짠내를 풍기며 두 손
으로 북북 찢기는 능지처참 끝에 찬 맥주와 함께 소비되고
말 테고
　오징어 장수는 남은 오징어들 데리고 딸랑딸랑 빗속으
로 사라지고 말 테지만

　천천히 언덕을 오르내리는 듯한〔陵遲〕 처참의 지속,
　끝도 없이 퍼붓는 비와 갑자기 터지는 웃음들이 저녁 언
덕의 혼을 다 빼놓을 동안
　창녀들은 벌써 국수를 다 먹었고

　어느새 늙어 죽을 나이가 된 남자들만이 문가에 앉아

생애 마지막으로 내리는 비를 쳐다보고 있을 때
고장 난 우산처럼 난데없이 자꾸 여기
저기서, 펼쳐지는 허접한 꽃들의 오지랖이여!

…… 거기서도 누가 비를 피해 가는 거겠지

변신 자라

꿈에 변신하는 자라를 보았다
육안으로 볼 때마다 그것은
시도 때도 없이 근처 사물들 중 하나로 변해
나는 그것이 자라인지 뻔한 사물들 중 하나인지 알 수
없었지만
나는 꿈에서만 얻을 수 있는 전지적 작가 시점으로 인해
그것이 본래 자라이며
어려서부터 완벽하게 익힌 은폐 엄폐술을 통해
끝없이 사물로 변해 가는 중이며
어딘가로 끝없이 향해 가고 있다는 걸 알 수 있었다
변신한다는 건
본모습을 가린다는 것
가장 흔한 무언가로
이를테면 대웅전 앞의 석등이나
연못에 가라앉는 대야로 변해
잠시 세상 속에 섞여 들어
세상에 둘도 없는 네 모습을 가린다는 거
불과하다
그것은 그것에 불과하다

사회적 통념의 확대재생산

기껏해야 자기 위안으로서의 이론적 지식들

그것은 한갓 벽에 불과하다

변신 자라가 얼마나 충실히 주변의 사물로 변할 수 있는
가 하는 문제와

하등 차이가 없는 것

자라야, 넘어서지 못한다는 것

넘어서지 못한 채

벽 앞에 선 채

사물처럼 굳어 가고 있다는 거

그런다고 감추고 싶은 과거가 숨겨질 줄 아는가

모든 착각이 일시적이길 바라며

영원한 이합집산에 그치고 마는가

내가 시선을 거두지 않으면 자라는 계속 사물로 남을 것
이다

그 상태를 죽을 때까지 유지할 것이다

내가 여지껏 배운 지식이란 무엇이었나

물속에서 나오려던 자라는 순간 자신을 쳐다보는 나를
느끼고는

낡은 질그릇 비슷한 무언가로 변해 다시 물속에 가라앉
았고
내가 그걸 꺼내려고 손으로 집자
몇 조각 진흙으로 허물어지고 말았다
나무 사발로 변했더라면 괜찮았을 것을

공룡 인형*

마당은 공룡 인형들로 무너질 듯하다
한때 지구의 주인이었던 것들이
이제 작은 고무 인형이 된 채 마당을 걸어다니다 이렇게
문득
정지해 있는 것이다
누가 정지 버튼이라도 누른 듯
더 이상 잡아먹지도
으르렁거리지도 못하고
마당에 늘어져 있는 공룡들
가끔 누가 와서 가지고 논다
그들에게 목소리와 동작을 부여하는
아이의 고사리 같은 손과 음성
공룡의 상상력에 대해서라면 생각해 본 적 없지만
아마 상상도 못했을 것이다
자신들이 작고 말랑말랑한 고무 인형이 되어
아이의 몸 빌어 움직이게 될 날이 올 줄은
아니 어쩌면 알고 있었을까
마당에 저녁이 오고

지겨워진 아이가 공룡들 내팽개친 채 자릴 떠나면

그들은 쓰러진 채 고요하고

다시 일어설 줄을 모른다

같은 어둠이지만

한때는 이불처럼 덮고 자던 어둠이

이제는 모든 움직임을 잃은 인형들을 덮어 주기 위해 천
천히

마당 위로 깔릴 때

아이는 조금 늙어 있고

바람 한 번 불자

중생대부터 있어 온 은행나무 잎 마당에 떨어진다

은행나무는 자신이 은행나무 인형이 되는 꼴을 보게 될
날은

아마 없을 거라고 확신하는 듯하고

마당은 이 온갖 것들로 인해 잠시

폐허가 되어 본다

누가 와 재생 버튼이라도 누르고 간 듯

폐허가 되어 흘러갔고

오래전이라고도
오랜 후라고도 말할 수 없었다

* Inspired by 『Sentimental Journey / Spring Journey』, 아라키 노부요시.

크레파스로 그린 세계 열기구 축제

아이가 아직 아이였을 때*
예술은 늘 크레파스의 몫이었지
진한 크레파스 냄새 교실 구석구석 배어서
머리는 곧잘 어질어질해졌어
어질어질해져서 환상은 시작됐지

아이가 아직 아이였을 때
별은 늘 크레파스의 몫이었지
허나 노란색 크레파스의 몸 열심히 도화지에 문질러 봐도
낮에는 소용없었어
검은 물감 쏟아져 세상이 온통 어둑어둑해질 때
그제야 찬란한 무독성 빛은 시작됐지

아이가 아직 아이였을 때
낮은 너무 경박스러웠고
밤이 새도록 세상은 철썩 칠썩
파도 소린지 채찍 소린지 모를 기묘한 리듬을
얇은 문틈으로 흘려보냈어

곧잘 반으로 뚝,
부러지곤 하던 크레파스
반으로 부러진 크레파스의 옷은 금세 누더기가 되고 말
았지만
아이가 아직 아이였을 때
아무도 크레파스를 욕하진 않았지
크레파스 향에 중독된 마음
저녁을 온통 물들이던 크레파스의 부드러운 각질
그림 좀 못 그렸다고 아무나 픽, 죽어 버리진 않았지

우리가 크레파스만큼 진했고
크레파스만큼 작았을 때
희멀건 수채 물감과는 감히 섞이지도 않았고
부러진 크레파스들 틈에서 잠들면
세상은 본드 같은 거 없이도
알록달록 잘만 부풀어 올랐지
28색이 다 뭐야, 16색이면 족한걸
더러운 건 필요도 없었고
더러워질 필요도 없었지

크레파스 온통 손에 묻히고

씻지 않아도 더럽지 않았던

아이가 아직, 아이였을 때

열기구 같은 건 그림책에서밖에 못 봤지만

매일 16종의 열기구에 매달린 영혼들은

밤낮으로 두둥실 그림 속 그림 밖 온갖 나라들로 사라

져갔네

이제 아이는 아닌 아이가

창문을 열어 이리저리 낡은 하늘 뒤적거려 보지만

동료들과 피운 담배 연기가 이 도시의 하늘 꽉 채운, 너무

두꺼운 경치만이 펼쳐질 뿐이어서

마치 처음 만들어진 엔진과 프로펠러

같은 심정이 된 아이는 마침내 떨리는 두 손 앞으로 내

밀어

타자를 치기 시작하네

오로지 열기구에 대해서

새하얀 하늘 위에 그어지고

어두운 팔목 위에 그어지던 거대한 열기구 같은 문장들이

아이가 아직 아이였을 때

열기구가 세운 찬란한 비행기록들과

런던 파리 리에주 부쿠레슈티

크레파스처럼 아주 기이 — 러진 열기구에 폭격당한 도

시들의 이름을 지나

폭탄 가득 실은 거대한 구름 떼 구경하러 집 밖으로 뛰

쳐나와 머리 위로 검고 육중한 그림자

드리우는 와중에도 하늘에서 시선 떼지 못한 채

점, 저엄, 부풀어 오르는 탄성을 내뿜다 사라져 버린

시민들의 인화성 몽상에 이르자

바람을 먹은 문장들은 압정이라도 밟은 양 비틀,

거렸고 비틀, 비틀

거려서 **타르르르르!** 다시 환상은 시작됐지

아이가 아직 아이였을 때

예술은 늘 크레파스의 몫이었지
그건 문방구에서 훔칠 수도 있고
짝지한테 "야 그것 좀 줘 봐"
하고 잠깐 빌릴 수도 있어서
빌딩 숲 사이로 아무도 몰래 한 무리의
열기구들을 떠오르게 하는 것쯤
내겐 여전히 일도 아니지

---

* "아이가 아이였을 때(Als das Kind Kind war)", 빔 벤더스의 영화 「베를
린 천사의 시」 오프닝에 나오는 페터 한트케의 시의 반복구.

잘린 목들의 합창

집중식 건축물들이 무너져 내리는 거리

여기저기
정(釘)으로 쫀 듯한 슬픔이 있다

걸터앉은 음표들의 허옇게 뻗은 두 다리 끝에 매달린
발은
허공 속에 하루 종일 달랑

달랑, 거리고

첨탑은 여전히 하늘을 찌를 듯 솟아 있었는데
누구도 그 위로 뛰어내리진 못했고

뾰족한 수도 없이
간계와 억측과 믿음이 난무하는 시절 속에서

오늘도 하루가 낭비된다
젊은이의 젊음처럼

기름통의 기름처럼

*

휴가가 끝나고도 몇 개월이 지나도록 당최 돌아올
생각을 않는 오르간 연주자의 목이 달아날 판인데

때로 뤼베크 쪽 하늘 위로 아기 천사들 바글거린다
다시 보면 어? 그건 구름 떼의 연합이고
더 많이 멈출수록
구름은 더

자세히 움직이고

오르간 연주자가 돌아오지 않는 대신
  오르간 연주자가 밟고 있을 바로크풍 파이프오르간이
뤼베크 반대 방향으로 고개 돌리고 잠든 내 꿈을 부르르
떨게 해, 풍압이 날개의 음역을 넓히네

평균율 클라비어곡집을 한자리에 앉아서 처음부터
끝까지 듣고 자란 씨앗들의 자서전이 집중식으로 건축
된 교회 허리를 단단히 휘감고 있는 모습, 한참 동안 바라
보다 집으로 돌아오던 길
꽉 쥐고 있던 주먹을 펴
골목 한켠에 천사 한 마릴 놓아주었다

애써 잡은 벌레라도 놓아주듯

*

휴가를 쓰지 않는 자들은 타락했고
떠난 후 돌아오는 자들은 구제불능이지만
기어코 돌아와 목이 잘리는 자의 음악은 우리들의 머리
를 장식품 수준으로 전락시키고 마네

장식으로 달린 머리들을 다 떼어내 주욱 진열해 놓은
다음
레코드를 틀어 주고 레코드가 멈춘 후에 다시 와서 본

머리들은 주루룩
　눈물 흘리고 있었고

　잔뜩 웅크린 천사는 하얀 휴지 뭉치 같군

　그걸로 한번 닦아줄까?

　그 무엇도 줄줄이 꿰어 주지 못한 채 멍하니
　서 있는 첨탑 같은 거나 바라보다

　가망 없는 중심을 잡고 콤파스로 한번
　돌려 보는 슬픔도 있다

　병신처럼 난간에 걸터앉아 두 다릴 덜덜덜 떨면서

　고개를 까딱, 까딱

*

네 잘난 대갈통은 고작 그런 가늘고 작은 원통을 통해
네 몸 전체와 연결돼 있는 거다

타오르는 양초를 후, 불어서 끄면
고여 있던 양초의 육신이 사방에 흩뿌려져
차갑게 굳어 가지
천사의 깃털처럼
금이 간 날개 뼈처럼
하얗게

나의 정신이상도 머지않아 제정신으로 돌아가는 수모를
겪게 될 것이지만
오늘 밤만은 모두가, 은화가 쓰러지며 내는 맑은 소리 같다

나로 하여금 기어이 성가대를 훈련시키고
한밤중에 홀로 있을 때 그걸 써먹게 하는 것들
그것들의 정성이 이토록 갸륵하니

내 어찌 이 짓을 때려치울 수 있겠니

툭, 어디서 또

목 떨어지는 소리

돌고래시

—— 자크 메욜*에게

국가대표 수영 선수가 헤엄쳐 가다 빠져 죽으려면

아주

아아아주 긴

강이 필요하겠지

그대에겐 그만큼 깊은 바다를

범고래 대왕고래 향유고래

무리를 지은 술고래 떼의 향방

시 함량이 제로인 사람들과 술을 마시고 토하는 헛것

고래고래 신나게 고함이나 칠 줄 알았지

누구 하나 제대로 된 분수 하나 만들어 낼 줄 모르고

여기 돌고래시가 나가신다 다들 길을 비켜라

읽고 있는 너도 비키고

쓰고 있는 나도 비켜라

숨을 안 쉬는 시와

숨도 안 쉬는 시의 격차처럼

다이빙 위스키 보드카

나는 길바닥에 내 몸뚱아리만 한 바다를 그리고

그 안으로 뛰어들어 본다

공중에서 몇 번이고 몸을 뒤틀며

삐익삑삑 삐삐삐삐

일제히 뛰어들어

일제히 빠져들어

이건 시가 아니야 돌고래 수프 레시피지

더 푸른 맛으로 미끄러지기 위한

끼익삐익 빠아아악

볼품없는 형태로부터

희미한 유선형에 이르기 위한

볼륨은 최대한 0에 가깝게

우리들의 말 사이가 좀 더 가까워지게 더욱 더 빠르게

돌고래의새벽, 새벽의영혼, 영혼의돌고래

다이빙 다이빙

푸르르르르 휘이이이잉

돌고돌고돌고도는돌고래쇼

그 바그너**적 돌진 속으로 나는

밀어 넣는다

돌고래를 몇 마리고 네 몸속으로

숨도 안 쉬고 풀어놓는다

돌고래들이 네 몸속에서 몇 번이고 몸을 뒤틀게 하고

다시 다이빙 다이빙

하양과 파랑

더 넓은 밖으로

더 깊은 아래로

엄청나게 멍청하고 명징한 속도로

삐이삐이 빡빡빡빡

돌진하는 운동에너지

첨벙하는 위치에너지

이제 나는 거의 하늘에 가까운 것이 되어 간다

구름과 하늘이 대량으로 녹아 있는 밑바닥

더 이상 흙이 묻지 않는 발바닥

세상과 나 사이의 거리 0mm***

돌고래의섹스, 섹스같은돌고래, 돌고래가되어가는섹스

바다는 이제 어제의 바다가 아냐

내면은 나날이 증발하고 있는데 수족관의 물이 어제보
다 증가한 이유

우리 모두가 그저 관상용에 불과하다는 걸 알아 버려서

그때 당신이 모두 흘리고 나온 눈물

끝도 없고 끝없이 맑은

당신은 당신 안으로 들어가 놀아 본다

당신은 당신 안으로 어뢰를 발사해 본다

우주와도 같은 것

칼로 돌고래 고기를 썰어 먹으며

돌고래 사체를 4분의 3박자에 억지로 쑤셔 넣고선

끌고가 본다

끌려

들어가 본다

더 넓은 아래로

더 깊은 밖으로

마침내 돌과 고래로 분해되어

돌처럼 가라앉고

고래처럼 퍼져나가는 단일한 외침

삐익삑삑 후르르르르

부디 그대의 사체가

무병장수하고

만수무강하기를

다시 돌고래로 합쳐진 돌과 고래가

일필휘지로

화선지 밖까지
뻗어 가기를

* 뤽 베송의 영화 「그랑 블루」의 실제 모델이었던 다이버.
** Richard Wagner.
*** 황동규의 시 「풍장 36」에서 차용.

3부

초겨울에 대한 반가사유

내가 여기서 가만히 팔을 괴고 앉아 있는데 저기 저 식
탁 위
에 놓인 물병이 흔들,
리고 있다면 저 흔들림은 나만의 흔들림

에서
이 세상의 흔들림

까지.

찬 마룻바닥 위
벽에 걸린 가을 풀 거꾸로 말라 가는 시간 속에서
반가사유상의 왼 발바닥이 새하얘진다

창밖에는 길어 온 물 항아리 하나 하늘에 떠 있다
흔들흔들
출렁이다가

엎질러지는 날개들

박살나는 물 항아리의
예리하고
빛나는 펼쳐짐으로

넓어지는 접촉면
발에서, 무릎으로
골반으로 가슴으로
번져 오는 추위 속에
마침내 시려 오는 머리.

반가사유가 뭐 별건가
시원한 바람 한 줌, 십 분여의 뻥 뚫린 환기보다 못한 것

엔터 키 때리듯 벌떡!
일어나 창 쪽으로 달려가려다 말고
한 칸,
또 한 칸 스페이스 바 누르듯
저린 발 뗀다

금동여래입상이 뭐 별건가

정말 오랜만에 다시 하늘색이 된 하늘

창을 열고 그 앞에 선 자라면 누구라도 잠시, 확장될 것

얼굴은 활주로 같은 것

그 위를 무허가로 비행하는 표정들

자주 착륙하는 낯익은 표정들과

한 번 이륙한 후 다시는 돌아오지 않는 표정들 속에서

금동여래입상의 입꼬리가 올라간다

반가사유상의 사유가 새하얘지고

금동미륵반가사유상과 금동여래입상의 차이는 오로지

넘버뿐

스페이스 바는 누르고

엔터 키는 때린다

거꾸로 할 수 있다면

날 놀래킬 것

그럴 때마다 촛불들이 쓰러지는 저녁 바다
불바다가 되는 수평선 수직선
경계선 따위
그 온갖 선(線)들

저 불이 밤바람에 옮겨 붙으면, 저 불이 더 불어나면
안 된다
안 되지만

뭐 안 될 것도 없다
그럴 때마다 브레이크 브레이크, 멀리 해안도로에서 타
이어 타는 냄새
물이 불어나듯
넘치는 불의 계절
물불 같은 거, 가리질 말 것

손가락도 없는 눈으로
잡을 수도 없는 구름이나 오래 매만져 보는 이 늦가을,
마지막 날 아침

스페이스 바 길게 누르고 있는 동안만큼
반가사유상의 사유가
엎질러지고 있는 저 하늘

여래입상 따위
엔터,
엔터,
거기 털썩
주저앉혀 버려

세상의 모든 최대화

　화물칸에 일렉기타를 한 만 대쯤 싣고 가는 세상에서 가장 길고, 무거운 마음

　그 속을 누가 알겠냐마는 철로만은 알지,
　짓밟힌 몸길이를 짓밟힌 시간으로 나눠 기차가 절망하기 시작한 지점에서부터 자기 합리화에 성공하는 지점까지 걸린 속도를 계산해 내며 자기를 발끝에서 머리끝까지 짓밟고 가는 기차의 무게를 참고 견디지

　기차가 아무리 짓밟고 가도 손가락도 발가락도 잘리지 않는 건 손가락도 발가락도, 아무것도 없어서

　손가락을 잃은 기타리스트는 알지 흉측한 음악을 만들 바에야 약을 먹고 죽는 게 낫다는 걸
　발가락이 없는 애벌레는 알지 발가락이 없으면 기어서라도, 가고 싶은 곳엔 가고 봐야 한다는 걸

　말하자면 비시각적 음표들의 시각적 극대화

그러나 약은 치료하기도 하는 것,

병명보다 더 많은 치료제를 잔뜩 싣고 가던 기차가 마침
내 말기에 다다라 포기하고 탈선할 때

눈 내린 들판에 처박힌 기차에서 동그란 알약들이 쏟아
져나올 때의 기분이란

그 기분 누가 알겠냐마는 환자들만은 알지,

환자들은 꿈속에서 거기까지 걸어가 그 약을 모두 주워
먹은 다음날 아침 병실에서 깨어나 기차의 차가운 몸을 이
해하지 넘어진 채 몸을 뒤로 돌리던 기차를 이해하며 몸을
정확히 당신들 반대편으로 돌리지

현실도피는 없어, 현실의 최대화만이 있을 뿐

오늘 밤 그들의 기도가 기차처럼 길어져 결국 지구를 몇
바퀴씩이나 돈 기도들의 속도가 기차를 조금씩 허공에 뜨
게 해 마침내 이륙한 기차를 바라보며 철로가 난생처음으
로 편안해질 수 있다는 희망,

을 품자마자 기차는 곤두박질치고

지진처럼 지축이 흔들려 복부를 강타당한 남자처럼 철로가 신물을 토할 때 신물 위로 기타가 쏟아지는 기분

그 기분은 누가 알까
침대에서 굴러떨어져 꿈에서 엎질러진 아이나 알까

아무리 길게 써도 저 레일에는 모자랄 것이므로 여기서 그만둬도 상관은 없겠지만

고요한 밤, 캐롤을 신고 가다 넘어져 모두 엎질러 버린 아주아주 거룩한 밤, 깨진 전구를 뛰어넘어 크리스마스의 본질을 거침없이 이해하고 산타를 엉망진창으로 때려눕히고

지구가 한 바퀴 돌기 전까지 기타를 모두 수리해야 하는 수리공의 마음은 망가진 리프(riff)들을 밤새 고치고 있는 기타리스트밖에 모르지

너에겐 신고 가다 넘어져 모두 엎질러 버릴 만한 그 무엇이 있니? 넘쳐서 어쩔 수 없이 들켜 버리는 리듬이라도

있니?

　넘쳐서 어쩔 수 없이 들켜 버리는 리듬을 타고 비옥한 꿈속을 달리다 넘어지는 곳이 늘 절벽 앞이어서 느껴 보는 아찔함, 그 뒤에 웅크리고 앉아 그 리듬을 정면으로 견뎌 본 적 있니!

　구겨진 리듬을 잘 펼치면 과연 어디까지 펼쳐질 수 있을지, 무엇까지 덮어 볼 수 있을지를 가늠하며 최대한 붉은 와인을 박스째 주문해

　뱃속에 와인을 만 박스나 싣고 가는 기차가 오늘밤 도무지 몸을 가누지 못하는 이유를 누가 이해하겠냐마는 사랑을 한 박스나 마시고도 제대로 서 있는* 조니 미첼은 이해하지, 어쩌면 술집을 이름표처럼 달고 다니다 이름을 아무 데서나 콸콸 쏟아 버리던 에이미 와인하우스**도 이해하지

　잠시 동안의 짧고 굵은 경악과 모든 최대화에 따르는 극심한 부작용, 그때마다

벌어진 가랑이 사이로 경적을 울리며 긴 열차 한 대 빨려 들어오는 느낌, 결국 일망타진 당하고 마는 느낌을

너무 긴 문장에겐 이제 그만, 쉼표를

* Joni Mitchell, 「A Case of You」 중에서.
** Amy Winehouse.

인벤션

아주 깊은 기타 한 소절 정성 들여 친 후

거기 고립되기 좋은 밤이다

그 속에 밤새 눈을 내리게 한 후

철저히 나 혼자 되어

밤새 눈 내리는 소리나 듣게 하기 좋은 밤

거기 어울리는 건

망가져 땔감이 된 클래식 기타 타들어 가는 소리

불길에 공중이 녹아들어

열차처럼 기이 ── ㄹ게 휘어지는 소리밖에 없고

거기 낡은 양은 냄비 하나 올려 놓고

방금 퍼 온 새하얀 눈 한 움큼 올린 다음

마지막으로 나의 깊은 침묵을 얹기 좋은 밤이다

고립은 참 안 좋은 말이고

안타깝기 짝이 없는 말이지만

우리에게 때로 필요한 건 고립이어서

고립과 짝이 되어 이렇게도 한 밤 지새워 볼 일인데

창밖으론 눈으로 만든 양 떼들이 온다

사람과 하나도 안 똑같은 눈사람이

눈과 끝없이 하나 되어 가는 밤

숨죽인 채 발견되는 메모 같은 것
그 메모의 여백 같은 눈송이들이 한 줄 두 줄 울다
한 장 두 장 울기도
아예 (상), (하)권으로 울려 버리기도 하는 밤
고립되지 않았으면 낼 수 없었을 소리
오로지 마음만을 반영하는 악기의 한 소절이
두꺼운 고서(古書) 한 권의 냄새로 깊어져 방 안 가득
퍼졌다가
조금 열어 놓은 창을 통해
무슨 빛이나
소금처럼
조금씩
바깥으로 빠져나가고 있는 밤
더할 나위 없이 좋은 밤이다
한 번쯤 혼자 조용히
죽어 보기 좋은 밤
나는 지긋지긋하고 구체적인 사실관계들로부터
몰래, 빠져나가 본다

매달린 것들은 다

기중기 끝에 매달린 한 점 불빛에 반하는 저녁이네

가로등 끝에 매달린 둥근 불빛은 분 단위로 커져 가고
두텁게 잠든 코트 속엔 꽉 쥔 주먹만 한
심장만이 켜져 있는 저녁

그녀는 상습범이었어
무슨 다른 뜻이 있어 담배를 빌린 건 아니었지
라이터는 있어요, 라니……
그래도 불은 모처럼의 의견 일치라도 되는 양
각자 제자리에서 펄럭이고 있었고

혼자 나와 담배에 불을 붙이는 사람들
저마다 담배 끝 불빛처럼 난간에 매달려 있는
이미 저녁이라 부르기엔 너무
어두운 풍경

쳐다보는 것도 매달리는 거겠지
끝내 손 놓아 버리고

우수수

떨어지기도

떨어지는 네 고개를 내 실낱같은 눈빛으로
끝까지 붙잡아 줄게

그래 봤자 떨어지고 말겠지만,

매달린 것들 죄다 아름답네
난간에 매달려 노니는 새들도
바람의 끄트머리에 매달려 여기서
저기까지 한번 날아가 보고 있는 새들도
산꼭대기 타워 끝에 매달려 야간 비행 중인 거대한 쇠
붙이에게 말을 거는 한 점 붉은 불빛도
모두모두
하나도 빠짐없이

나는 손을 내밀어 타워의 끝을 내 쪽으로 구부려 준 다음

불빛의 목을
베어 주고 싶었네

극치의 수피즘

수프의 신

오늘 저녁은 쌀쌀해
별안간 따뜻한 수프를 원하고
오늘 수프는 간이 안 맞아
수프는 약간의 후추를 원하고
저는 약간의 회전을 원하옵나니
딱 한 번만, 밀어 주시면 안 될까요?
빙글빙글 돌고 있는 저는
이제 붙잡아 줄 사람을 원하고
수프를 들고 가다 창밖으로 휙
집어던져 버리기 위해 난데없는 재, 재,
재채기를 원하고 계속 돌아가기 위해
약간의 폭소를 원합니다
덩달아 소금과 폭설과 설탕의 힘을 조금 원하고
지금 이 상황을 모면하기 위해
약간의 발작을 원해요
이해해 주시리라 믿어요
제가 끓인 수프를 머리에 뒤집어쓴 채로 숩!

숲! 우리에게 더 많은 수프를! 외치는

당신들의 따뜻함이라면

'오늘 밤이 간이 안 맞는 게 아니라 내 혀가 맛이 갔다
는 걸 알게 되기까지

나는 또 얼마나 많은 수프를 갖다 바쳐야 하나?'

그런 행복하고도 걸쭉한 고민을 하며 수프를 나르는 동
안에도

우리는 열렬히 신을 외치며

입천장이 델 때까지 그 뜨거운 이름을 몇 번이고 끓이
고 삼키고 토하고

입천장 껍데기가 벗겨질 때까지 심장이 너덜너덜해질 때
까지

지상 최고의 온도로 그대를 불렀습니다 돌았습니다 돌고
돌고돌다아주그냥 해까닥,

해 버렸습니다 고맙습니다 미쳤습니다 안녕하세요?

다 함께 식탁에 둘러앉아 서로 얼굴 마주한 채 안전하고
따뜻한 수프 한 그릇씩을 먹으면

우리의 무장도 해제될 거예요! 우리에겐 딱히 무기라 할

만한 것도 없습니다만

알라 알라 라 일라하 일랄라 숩, 숩, 여기도 숩, 저기도 숩,

숩은 식었지만 그대는 식어 빠진 숩 속에도 계십니다

그대는 다 먹고 남은 그릇의 바닥에 몸 깔고 누워

기지개를 펴고 하품을 하고 있습니다

기지개를 펴고 하품을 하는 것만으로도 음악이 된다니!

그릇이 빙글빙글 돌아가기 시작합니다

당신은 누추해 빠진 식탁을 바야흐로 무슨 놀이공원처

럼 만들고 계십니다

그리고 저희는 먹고 자고 박고 싸면서

거기서 뛰어놀 아이들을 열심히 생산하고 있습니다 낳

아 재끼고 있습니다

알라, 알라, 오 저기 저 긴 줄을 좀 보십시오!

만원입니다

그 속에서 당신께서 하품을 하고 기지개를 펴고 계십니다

그릇이 작으면 물이 넘친다

뜨거운 잠이 쏟아집니다
깊은 잠 속, 뜨거운 수프 같은 잠 속에서
살과 뼈가 분리될 때까지
끓여지고 걸쭉해집니다 맛있어집니다
누구라도 괜찮습니다
저를 드세요
저를 드시고 하품을 하고 기지개를 펴는 음악이 되세요
평화! 평화! 평화! 앗살라무 알라이쿰!
오직 신만이 영원하시다
그리고 내 옷 아래에는 신밖에 없으니*
내가 바로 신이며
우리 모두가 신이다
천사들의 관악기 소리
뺨빠라밤빰 뺨빠라밤
천사들의 총격 소리
투두두두두 투두두두두두두두

그깟 돌집 한 채를 보겠다고 그 먼 길을 가야 한다니**
누구는 나사를 조이듯 돌멩이 주위를 도는 동안
나는 기도로 새로운 중심을 창조하리라
그 중심을 기준으로 나는 한번
휙 돌아 본다 돌아가기 시작한다
왼쪽 바퀴 두 개로만 달리는 차 위에 올라
오른쪽 바퀴 하나를 빼 테이블로 삼고서
차를 마시고 물담배를 피우고 웃고 떠들고 누워서 잠시
좀 졸다가
다시 바퀴를 끼우고 안으로 들어가면
다시 네 바퀴가 되어 굴러가는 차처럼
중심을 이동시키고 좌우로 핸들을 틀며
부드럽게 돌아가기 시작하리라
점점 넓어지는 중심의 행동반경이 모든 것을 뒤덮어
더 이상 그걸 중심이라 부를 수도 없을 때까지
나사를 풀어 버리듯 휘리리리리릭 한번
돌려 볼 순 없을까?

우리에게 무기라고 할 만한 것이 있다면

그것은 목청과 혀

내가 좀 씨불이면 넌 날 죽이고 싶어질 거야

죽고 못 사는 연인이 될 수도 있겠지

지옥에 물을 끼얹고

천국에 불을 지른*** 죄로

마침내 완전한 무방비 상태에 이르고 말지라도

우리에게 무기라고 할 만한 것이 있다면

그것은 바로 최대한 많은 문형(文型)의 운용 능력과

지독한 어휘력

살면서 더러운 꼴을 당하면 당할수록

백지 위로 더 많은 예문들을 출격시킬 수 있는 자유

우리에게 압둘라와 압둘라힘이란 이름을 지어 줬던 무슬림 노인에게

내가 대체 왜 이렇게 자꾸 뭘 주냐, 너무 많다, 부담스럽다고 말하자

그는 같잖다는 듯이 우릴 한번 쳐다 본 후 그것들을 싸그리 가리키며 말했지

This is nothing!

그러더니 곧장 오른손 검지를 뻗어 하늘 가리키며 말하길,
He gave us everything!

이봐, 그릇이 작으니까 자꾸 물이 넘치는 거잖아?
그릇이 작으니 물이 넘친다
저 작은 그릇에 담기느니
차라리 증발하는 게 낫겠어
두두두 두두두두
비스밀라
비스밀라

말하자면 이 세상 전부가, 우리에겐 무기고인 셈입니다만

* 아부 사이드 이븐 아빌하이르.
** 아부 사이드 이븐 아빌하이르.
*** 라비아 알 아다위야.

논스톱 투 브라질*

기록적인 강추위를 João João
입김으로 녹여 가며 조금씩 써 나가는 아침

기록적인 폭설 속에서 가까스로 발명한 보사노바를 한 줄
두 줄 튕기며 Rio de Janeiro Rio de Janeiro
그건 고드름에 찔려 갓 살해된 자의 피가
고드름을 뜨겁게 녹이려 드는 소리고

아주 추운 날에 먹는 아이스크림처럼 아주 추운 날에만
발명할 수 있는
아주 간절한 장르, 아주 추운 날이 아니면 굳이 발명할
필요도 없는
기록적인 폭설 속에 강행하는 아주 기록적인 리듬 속에서

나는 직행한다

기타의 허리가 Copacabana 해변처럼 길게 휘어지고
그대 목소리, 새 떼처럼 몰려왔다 천천히 몰려가는 동안
저엄 점 묽어지던 피가 마침내 따뜻한 물이 되어

찻주전자 위로 찰랑이는 이곳은 어느새 적막한 오후
Astrud Gilberto는 논스톱으로 영혼에 들어와
끝없는 해변으로 펼쳐지고

그때마다 논스톱 투 브라질, 펼쳐진 악보는 펄럭인다
담배 연기보다 은은하고
담배 연기보다 쉬이 부서지는 물거품 쳐다보며
시가 연기보다 푹신한 그물에 누워 양 손톱 갈고 있노
라면
그때마다 이루
말할 수 없이 부드러워지는 세계의 곡선들

잠시 들렀다 가는 휴게소에서 먹는 아주
뜨거운 우동 한 그릇을 떠올리는 것만으로도 우린
후루룩 후루룩, 아침부터 영혼의 아열대로 직행한다
시가 연기로 만들어 낸 범선 몇 척 띄워 놓은 바다 앞에
온종일 앉아 있는 척을 하다
마침내 직행열차처럼 긴 해안선이 되어
이제 우린 Bim, Bom Bim, Bim, BomBom

시도 때도 없이 감행한다

세상의 모든 허황된 노래는 전부 다 우리가 부르며
João João, 이제부턴 밤낮으로 드러누워 불러 보는 이름들

이 리듬과 기타 한 대만으로
우리는

* Astrud Gilberto, 「Non-Stop to Brazil」.

halo*

그것은 하나의 침몰이다

아침에 날기 시작해 저녁 무렵 진화한 새들이 하나둘
떨어질 때 일어나는 세계의 변형이자
밤부터 얼기 시작해 새벽 무렵 정점을 찍은 투명함이 긴
장을

놓아 버리자마자 엎질러지는

물바다, 거대한 선박이 항해할 때 동반되는
소리의 커다란 모호함이다

덜 녹은 얼음들이 뜬 채로 밤 지새우는 동안 녹이 슨
면도날, 거울의 절벽에 매달린 채 점점 둥글어져 가는
핏방울, 그저 그런 선상(船上) 파티에 참가할 때
배에서 내리면 발 디딜 곳 하나 없다는 생각만으로
머릿속 한복판이 대서양처럼
새하얘짐이다

어쩌면, 하나의 탄생이다 의지와는 상관없는

웅장하고 불안한 선박의 노골적인 엔진 소리 같은

그것은 고문에 가까운 하나의 이미지, 제 발로 살아 움
직이는 고래들처럼
물속에 물을 토하며 거대해진다
포악하게, 악착같이, 굴착기처럼 파고드는
물속에서만 본색을 드러내는 웅장한 소리
혹은 백상아리의 피부를 쓰다듬는 물결들의 환희이거나
이빨에 물어 뜯겨 너덜거리는 살들의 춤
얼음을 깨며 쇄빙선은 싱싱해지고

눈 속에 구명보트 같은 눈빛 숨기고 얼어 가는
생선들은 선박의 마음을 이해하느라 더욱 단단해져 간다
그것은 하나의 무너짐,
깨진 얼음들이 살 위로 쏟아져 흰 빛 아래 방치됨이고

밤은 물컵처럼 시원해진다

희미하게 전진하며 나의 흰 배가 너의 흰 배 위에 가닿듯
그것은 밤새 퇴고하는 손이 그리는 궤적의 탁월함

닻을 내리고 쉴 것이다

* Alva Noto + Ryuichi Sakamoto의 곡.

항구의 겨울

항구의 겨울, 항구한 겨울은 뺄셈이 불가능한 세계. 마냥 쌓이기만 한다. 쌓여서 오직 잊힐 뿐. 항구의 겨울, 항구한 겨울 앞에서 우린 입을 다문다. 함구한 하늘이 속으로 울고 내리던 눈이 녹는다. 내리던 눈이 녹다 말고 공중에서 춤을 춘다. 눈의 속도는 늘 비의 속도를 따라갈 수 없어 항구의 겨울, 겨울의 항구는 공중에서 천천히 짓이겨지는 춤을 마냥 바라보기만 한다. 그러다 자신을 밟고 가는 연인들을 기습적으로 미끄러트리고는 항구의 겨울, 한 구의 시체라고 읊조리면서 유쾌한 관객들처럼 웃어 보이기도. 그래도 웃음이 뺄셈에 가장 가까운 것이라 믿으며 그 믿음을 얼린다. 항구의 겨울, 항구한 마음. 몇 해 전에도 분명 비슷한 걸 얼렸었던 기억이 떠올라 잠시 부두에 모여 떨고 있던 선박들의 빈자리를 쳐다봤지만, 결국 모든 것은 덧셈이겠지만, 영원히 영을 꿈꾸며. 최대한 동그랗게. 차가운 얼음을 얼린다. 나는 가만히 자리에 앉아 술잔 속에서 얼음 깨지는 소리를 듣는다

밤의 황량한 목록들

도끼 삶은 물을 마시고 전진하면
도처에서 쪼개진다
네모에서 세모로
실체와 속성으로
도끼로 내려찍는다
회상과 반향
도끼가 목적지에 도달할 때 내는 소리를
사랑하지 않을 수 없다
도끼가 목적지에 도달할 때 사용되는 수단의 물리력을
사랑하지 않을 수 없고
도끼는 바로 거기로 가 내려찍힌다
거기가 도달해야 할 유일무이한 목적지라는 듯
알루미늄과 잉크로 쪼개진다
물과 향기로
피와 살과 뼈로도 쪼개지고
개피 개고기 개뼉따구와는 도통 구분되지 않을 것이지만
나는 아침부터 도끼날을 갈았으므로
이 도끼는 거침없을 것이고

잘하면 영혼과 육신으로도 쪼개질 것이다

참과 거짓으로 쪼개지는 말

거짓은 점차 의혹과 불안으로

하품과 서가(書架)와 냉장고를 끊임없이 왔다 갔다 하는
저 영혼을 도무지

사랑하지 않을 수 없고

도끼 삶은 물을 마당에 한 번 휙 뿌리고 나자

겨울이었다

빈 밤하늘

일개 연대 규모의 병력이 낮은 포복을 한 채 숨죽여 기
다린다

그 위로 밤새 찬비 내리고

일개 연대 규모의 병력이 엎드린 채로 모두 얼어 죽어
버렸다

비 오는 소리가 눈 쓰는 소리로 바뀌는 동안

자로 대고 칼로 그은 듯

흑백으로 쪼개져 버렸구나

강원 산간에 한파주의보 내리고 나면

이건 그냥 한 덩이의 겨울

더 이상 쪼갤 것 없으면

도끼는 나무와 쇳덩어리로 쪼개져 버린다

나무는 오른쪽과 왼쪽으로

좌우로 천천히 흔들리는 깃발

그러면 이 문장은 정지한 채

그곳에서 일제히 왼쪽과 오른쪽이 썩고

쇳덩어리는 영영 침묵 속으로

침묵과 썩음이 철커덩,

합체할 때까지

재정의하고

재정의하고

잘하면 나무와 황금으로도 쪼개질 것이다

나무는 비를 한껏 빨아들여 거대한 숲으로 번져 가고

쉬고 난 황금은 더욱 빛을 발하리

때로 아무것도 기다리지 않음으로써

무언가 완성되어 가는 중

이토록 황량한 육신의 목록들과

가까스로 내질러보는 가늘고 새된 고음(高音)이여

흐리고 때로 비

흐리고 때로 비

그리고 밤의 황량한 목록들

양 모양의 수면 양말

도저히 눈이 안 감기는 밤, 창밖 골목에선
버려진 양말 몇 켤레 얼어 가고 있었다
한때 누군가의 발을 따뜻하게 해 준 기억이 아무데서나
아무렇게나 얼어붙고 있었다

아무리 감아 봐도 눈이 자꾸 안으로 떠지는 밤,
내가 헤아린 수천수만의 양 떼들이 부풀고 있었다
각막처럼 얇은 목장을 찢고서
두둥실, 더러운 눈 온몸에 묻힌 채
온데만데 떠오르고 있었다
쓸어 놓은 눈들은 무슨 포대 자루처럼
발로 차도 끄떡없는 무게로 굳어 있었고

누가 주워 가기엔 양말이 너무 싸구려지만
그런 양말을 주워 갈 사람도 있을 거란 상상이
골목을 비참하게 한다
너를 녹여 주고 빨아 주고 말려 줄 사람이 다시
너를 두 발에 신고 다닐 거란 망상의 온도가
골목을 쪼그려 앉아 우는

한 사람의 남자로 보이게 하고

같이 쪼그려 앉아 그의 등을 쓰다듬어 주는데
거꾸로 벗어 놓은 양말 안에서 하나둘씩
양들이 기어 나오고 있었다
수화기에서 흘러나오는 신호음처럼 메헤헤헤헤
하얗게 울면서 흘리는 양들의 뜨거운 침이
딱딱한 포대 자루에 뻥 뻥 구멍을 뚫고 있었다

당신의 오래된 입 냄새 속에서 익어 가고만 싶었는데
낡은 베개처럼 삭아만 가는 밤,
꿈나라는 풀려난 양들이 밤새 이동한 거리만큼 광범위
해져 있었고
양들은 다들 각자의 위치에 정지해 있었는데

가까이 다가가 보면 그건 모두 한 장의 사진에 가까웠고
자세히 들여다보면 모두들 졸고 있었다
내가 함부로 꾸어 온 꿈들이 주인 몰래
주인도 모르는 곳에서 선 채로 졸고 있었다

끝없는 밤

파도 파도 끝없는 밤
저녁은 드셨어요? 묻는 말에
우린 밤 까먹었다
오랜만에 재회한 어머니와
아버지는 저녁 내내
산밤을 까고
벌레가 잠들어 있던 밤은 버렸나
그러나 버려지는 밤은 없고
잠든 벌레만이 버려져
둘은 밤새 깐 밤을 먹는다
이것이 생후 몇 번째 맞이하는 밤인가
벌써 몇천 개째 파먹은 밤인가
알 수 없고
벌레들이 이 밤을 파먹으며
함께 파먹었을 밤까지 파먹으며
깊은 어둠에 묻혀
둘은 말없이
밤을 파먹고
이번엔 나도 합세해

셋이서 밤을 파먹어 본다
그 벌레가 끓는 물에 푹푹 삶기지 않았더라면 지금쯤
자라서 무엇이 되어 있었을까요? 묻는 말에
아무도 대답은 없고
그러나 그 대답 없음은 오늘 밤처럼 아주 깊고
밤은 아직 산더미처럼 쌓여 있어서
밤이 파먹은 만큼 줄어들었는지조차
알 수 없다
이 밤을 다 파먹고 나면 우린 또 어디서 무엇이 되어
함께 무엇을 하고 있을까요?
이번엔 묻지 않고
혼자 속으로만 되뇌는 동안
창밖으론 하얗게
눈이 내리고 있었다
뒷산 밤나무 군락지의 앙상한 나목들이
어떤 삼엄한 위엄 속에서
온통 희고
찬
눈으로 뒤덮여 가고 있었다

바톤 터치

해 지고 하산할 때, 어둠에게 넘겨주는 기분
아름다운 능선을 따라 웃고 떠들고 힘차게 전진하던 우
리였건만
지금 어둠으로 넘겨지는 기분
바톤 터치
통째로 빼앗기고 통째로 되돌려 받는 기분
겨울 산행은 역시 해 지고 내려가는 재미
까지고 넘어지고 미끄러져도
어떤 게 바위의 살이고 상처인지 대체 누가 알 수 있겠어
우리 몸을 통째로 빌려 하산하는 산이 고맙고 무섭다
산이 넘겨준 건 술잔에 몇 번씩 부었다 비워도 해결이
안 되고
산에 넘겨주고 온 건 지금도 석굴의 불전함(佛錢函) 한
구석, 같은 데서 덜덜 떨고 있겠지
까마귀 울음도 그치고
수정궁(水晶宮)엔 군만두도 떨어져서
우리는 떨며 집으로 돌아가는 사람들
우리가 집으로 돌아와도
우리가 두고 온 우리는 홈리스

차가운 바위가 빼앗아 간 온도는 잠시 바위의 표면을 맴돌다 바위의 내부가 되어 잠들고

까마귀들은 여기저기 버려진 우리들을 물어다가

내년에도 멋진 둥지를 짓게 되겠지

그러니 우리보다도

우리가 두고 온 우리가 장수(長壽)하지 않겠느냐

저 산보다도

저 산이 우리에게 넘겨준 산이 우리 안에서 더 장수하지 않겠느냐

홈리스

우리는 한참 덜떨어져서 산을 통째로 데리고 내려온 사람들

비정규위험탐방로를 데려와

한 어둠에서 한 어둠으로 넘어가 보는 재미

꿈에서도 낙석 주의

김딩하지 못할 것들 감낭하다 보면 그것들이 언제부턴가 나를

감당하고 있었음을 본다

봉우리 정상의 까마귀들 세찬 바람 속에 정지해 있다

그대로 활공!

커다란 날개 접고 전속력의 검고

커다란 포탄처럼 몸 던지는 걸 본다

영혼의 심층부를 폭격할 권리

우이암(牛耳巖) 끝자락에 우리를 눈처럼 재워 둔 채

꾸짖고, 찢어 버렸다

겨울 하늘을, 백지장처럼

생각건대 우리의 고통은 오직 우리만의 것이니 우리보다

작을 것이 분명해서

산꼭대기에서는 보이지도 않는 그것을

우리는 끄집어내

후두둑 떨어져 잠 깨는 적설(積雪)처럼

목에다가

훌훌

털어 버렸다

天天來

눈과 담배 연기는 잘 어울린다

내린 눈에 침을 뱉으면 눈은 사라지고

침을 뱉지 않아도 눈은 다 사라질 것이지만

오늘 밤 동안만은 사라지지 않을 것이다

눈과 침은 잘 섞여 들고

눈 내리는 날 나는 거리와 잘 어울린다

내리는 눈 속으로 네가 나에게로 걸어오고

네 발걸음 소리는 찬 공기 속으로 잘 섞여 든다

너는 아직 멀리 있을 테지만

눈 속에서 걸어오고 있는 너와

눈 속에서 기다리고 있는 나는 잘 어울린다

이제 나는 티엔 티엔 라이에 들어와 통유리 밖을 내다

보고 있고

눈을 쓸고 있는 남자들과 내리는 눈이 썩

어울리진 않지만 점원이 내온 찻주전자와

테이블 한켠에 잘 포개져 있는 찻잔들은 잘 우울린다

손이 언 나는 어울을 우울로 잘못 치기도 하고

눈의 하양과 우울은 또 그런대로 잘 어울린다

나는 차를 한 잔 따른 다음 그것을 한 모금 마시고

눈앞의 해성장을 본다
해성장으로 들어가는 너와 너는 잘 어울렸던가
그걸 위에서 지켜보던 너는 우울했던가
한없이
이루 말할 수 없이라는 기분이었던가
아주 생지랄들을 하고 있다
눈을 잔뜩 뒤집어쓴 차와
우산 없이 걸어가는 저 여자는 잘 어울린다
인파 속에 섞여 든 너는 흔적도 없고
이 네모난 통유리는 자꾸 과거로 회귀해서 과거는 거의
너의
무한을 보여 준다
자로 대고 그은 듯한 슬픔 속에서
남자의 신발끈이 풀리고
여자는 무릎을 굽힌 채 남자의 신발끈을 묶어 주고 있다
그런 둘은 썩 잘 어울렸던가
그들은 이제 함께 나를 보고
그들은 그런 나를 흘겨보고 지나간다
자로 대고 그은 듯한 네모난 슬픔 속에 갇혀 있는 나를

이 시는 너무 뜬금없이 시작되었으므로
역시 매우 성급하게 끝나는 것이 적절하다
이를테면 갑자기 가게 문이 열리고
눈을 조금 맞은 네가 안으로 들어와
형, 이라고 말하며
내게 웃어 보이다

해성장

기러기 떼 한 번 날 때마다 호수는
기러기들이 떼로 빠뜨린 그림자들로
시커멓게 속이 상할 텐데

얼마나 더 많은 그림자를 빠뜨려야 그것은 마침내
썩어 빠지고 말는지

호수를 통과하면 거대한 대숲이 나오고

대숲은 바람이 한 번씩 속을 뒤흔들 때마다
밤새 찬술로 속을 다 버릴 텐데

바람이 몇 번이나 대숲을 통과해야
그것은 고요해질는지

우르륵 패,
우르륵 패,
자꾸 입을 헹궈 내도 썩고 마는 이
새벽의 화장실

타일의 검은 추위 속에서

얼마나 고요한 돌처럼 던져져야
애써 잠든 척, 누워만 있던 호수는
정말 잠에 들는지

시베리아 주제에 의한 다섯 개의 사운드트랙

트랙 1_시베리아 녹음테잎

지나온 모든 봄 여름 가을 들이 결국
지랄 같은 폭설과 염병할 폭음(暴音)들을 위한 기나긴
복선(伏線)에 불과했다는 사실,

어째서 그제야 알게 됐을까 절기는 벌써 대설에 가까워
　그것도 우리가 플랫폼 벤치에 앉아 한 잔의 커피를 홀짝
이며
　어김없이 잔기침에 시달리고 있던 그 와중에⋯⋯

　*연분홍 치마가 봄바람에**
　안단테 칸타빌레로 망설이다 결국
　비바체로 취해 버리던 시절 지나
　잉크 다 터지도록 번지던 초록,
　*대규모 유화(油畵)의 두께로 타오르던 황금빛 들판!***

　⋯⋯말하자면 호시절을 과다 복용해 온 우리 음악가들
을 위해

그해 십이월, 먼 곳으로부터 열차는 왔네

이윽고 우리를 실은 열차는 이제 막
시작된 테잎의 A면처럼 눈의 영토로 감겨들었고
한 줌 햇살조차 간절했는데, 간절해져 시뻘게진 온도
끝에서 뿜어져 나오는 건 고작 독하고 자욱한 연기
뿐이었을 때

그렇게 창밖으로 조그만 음표 같은 것들 하나둘 휘날릴
무렵
다름 아닌 그것들이 음악이었음을, 우린 좀 더 빨리
깨달았어야 했는데

난방장치가 엉망인 객실에선 모든 승객들 스스로 알아서
따스해지는 법 배워 내야 했으므로 아무도 우릴 연주해
주진 않고 하늘이
음표란 음표 모조리 떨어뜨려 가며 어둡고 텅 빈 악보
한 장으로 변해 갈 때
우리는 엉망진창으로 떨어져 내리는 음표들의 계이름이

나 읽어 내야 했고

   질 낮은 영감에 휘둘릴 무렵이면 누구라도

   누군가라도 껴안고 뒹굴기라도 해야 해서

   조금씩, 그럴 때마다 우린 아주

   조금씩, 우리가 낯선 침대칸의 체온이 되고 있음을 감지
했네

   서로의 가슴에 일생을 끝장낼 폭설을 내리게 하고 독해
진 입술 마음껏 폭음(暴飮)하다

   가사(歌詞) 없던 바람에서 희미한 입김이 느껴지기 시작
했을 때

   우린 문득 노래란 그런 것임을 절감하고

   그 노래의 후렴구나 따라 불러야 했네

   모닥불 같은 음악 주위에 모여들어

   그대의 작은 손 그곳으로 가져가 봐

   꽉 쥐었던 주먹 그곳에다 해방시켜 봐

   그러면 거기 몇 송이 작은 온도 같은 것들은 피어나네

내 말을 믿지 않아도
내 굳이 말하지 않아도,

지상(地上)은 가끔 추운 것들이 스스로에게
입김을 불어 주는 모든 장소와 시간
온도는 스스로 지피는 것,
외로운 음악이 가닿는 깊이에 바닥은 없네
하여 바닥 치고 올라올 수도 없는 우린
음악이 멈추는 순간까지 늘
도중(途中)에 있네

……밤새도록 설원과 체온을 섞느라 우리 거의 혼절할 뻔했던

그해 폭설에 불렀던 노래, 그 노래 가사들이 속에서 얇은 바람처럼

얼어 가던 열차, 떠나오던 길 잔뜩 과다 복용한 열차는 지금쯤

시베리아 대륙횡단열차란 기다란 이름 이 별 어느 고장에 드러눕힌 채

실로 헤비(heavy)한 폭설 속에서, 거의 다 돌아간 테잎의
B면처럼, 헐떡
　헐떡이며, 우리가 두고 온 테잎의 어느 소절쯤 고립돼 있
을까

트랙 2_대척점 효과

　바이칼의 좌판 위
　한 자루 은빛 단도(短刀)로, 시베리아 생선은 빛나고 있
는데
　겨울이면
　그들이 살던 호수 맨 밑바닥까지
　눈이 내렸기 때문

　내국인의 눈이 가닿지 못하는 곳에 늘
　더 많은 눈은 내려서
　쌓이고

그 무게가 전해지는 지구 반대편 어느

쓸쓸한 시간대, 어두웠던 외국의 방에선

눈 내리는 소릴 상상하다 무한대로 아름다워진 백 마리 학들

아름다워진 부작용으로 꿈속에 폭설을 뒤집어쓴다는데

깨끗한 영혼들, 단단히 눈처럼 뭉쳐져

창밖으로 던져지는 밤을 지나

간밤에 무리에게 쏟아졌던 욕설의 흔적 읽어 내릴 때

발작적으로 떨던 그들의 창문이 마침내

자발적으로 잦아드는 소리 들려와

흔적의 수면 위로 그저 반짝이는 빛이었을 때

백학(白鶴)들은 옛날부터 지금까지 날아가기만 했지만***

이제는 편히 쉴, 다름 아닌 다 녹은 영혼들

날을 잃은 단도들도 물처럼 한번

마음 놓고 엎질러진

지금 우린 텅 빈 공항이기 때문

트랙 3_재생(PLAY)

 그날 밤 남자가 침대에 몸을 눕힐 무렵 창밖 철로 위에서 누군가 눈을 덮고 잠을 청하는 소리는 들려왔다 결심한 듯 잠시 두 눈 감아 보던 남자는 해질녘 잡아 온 시베리아 생선의 눈알 속으로 천천히 이어폰 끝을 밀어 넣기 시작했다

 딱딱하게 언 되감기 버튼에 **하아**, 입김을 코팅하고 쓰다듬 듯 누른 채 잠시 또 두 눈 감는 남자는 젊어서부터 해동에 남다른 감각이 있다 렘수면에 빠져 있던 생선의 눈알은 남자의 감은 눈 속에서 **파닥, 파닥!** 가장 오래 꾸어 온 꿈의 가장 처음으로 헤엄쳐 가 마디마다 잠음 섞인 재생을 예고하고 **귓속에 쏟아져 내리는 광막(廣漠)이라는 풍경**, 같은 제목의 목탄화를 이윽고 남자는 어둑해진 침실 한구석에 거는 것이다

돌 틈에 파고드는 생선들같이 이어폰 선을 타고 얼어붙기 직전인 남자의 몸속 이젠 얼마 남지도 않은 물로 흘러 들어선 자꾸 녹아 없어져만 가는 울음들, 컴컴한 귓속의 수심으로 소리도 없이 쌓여만 가는 폭설의 합창을 남자는 듣는 것이다 그래서 **투명한 영혼은 침침한 육안(肉眼)으로도 보이니 참 신기한 일이야** 라고 꿈속의 남자가 꿈밖의 남자에게 중얼거리기라도 했을 밤

한겨울의 삶은 고작 한 마리 생선의 살들 속에도 온전히 녹음(錄音)되는 법이어서 **이제 현세(現世)의 트랙은 삭제하고 다음 트랙을 시작할 차례야** 라고 꿈밖의 남자가 꿈속의 남자에게 답했을지도 모를 밤, 그들의 넓은 내장 속이 시베리아처럼 차서 그날 밤 국경에서 잠든 남자의 꿈이 은빛 담요 한 장으로 얼어붙을 무렵 창밖 철로 위에서 누군가 눈을 털고 잠을 깨는 소리는 들려왔다

'어느덧 음표 모두 지워진 새하얀 들판'—'들판 위로 스며드는 깨진 램프의 오줌'—'그러나 모여든 별빛들 노오란 온도고이 보관한 채'—'한꺼번에 투명히 얼음 돋는 소리'—'하나

둘 들판 위로 켜지고 또 흔들리다' — '흔들리던 채로 얼어 버리던 거의 모든 것들의 울음'

그리하여 지구 전체가 온갖 소리들의 녹음실로 밝혀졌을 때 그 이후의 삶이란 더 많은 재생 버튼을 찾아 그것들을 모두 눌러 주는 일, 그 음악에 발을 구르며**** 열차처럼 길게 춤추는 일이 되어 버렸다

트랙 4_대척점 효과 pt.2
─ 자꾸 생각하지 마, 괜찮다니까***

차창 밖으로 눈이 내리는 데는 늘
약 백 가지 정도의 사연이 있을 테지만
오늘 밤 눈이 내리는 이유는 단 하나
당신이 썼던 편지에 아무도
답장해 주지 않았기 때문이다
수취인불명으로 판명 난 편지가
돌아갈 모든 용기를 잃고서

지구 반대편 이국의 밤하늘에 갈가리 찢긴 채
폭설로 휘날리고 있는 심정
그러니까 오늘 밤, 당신이 썼던 편지가 모두 찢겨져
지금 트레몰로 트레몰로
차창 밖으로 눈이 내린다

트레몰로는 반복하겠다는 말,
포기하진 않겠다는 뜻

찢겨진 눈들을 뭉쳐 조심스레 펼쳐 보면
거기에는 아직도 아주 작은 글씨로
나를 용서할 순 없겠니
라는 네 어절로 요약될 내용의 편지가
여리고 동그란 마음으로 웅크리고 있었고
그리하여 나는 지금쯤 날 까맣게 잊었을
아니 처음부터 나를 일지도 못했을 낭신에게
이렇게 편지를 쓴다
내 편지도 갈가리 찢겨지리라
진심은 늘 찢겨져 공중에 휘날리는 마음

허나 당신이 듣고 싶었던 전부였을 네 어절의 문장

이젠 다, 다 괜찮아

라고 적힌 내용의 편지를 쓴다

최후의 트레몰로******로 내려앉는 밝고 연한 한 줌의 햇
살이

당신이 고개 처박고 있을 창틀, 연초록 화분의 이파리
위로

양손으로 받아 얼굴이라도 헹궈야만 할 것 같은 양감(量
感)으로

차라리 고요로, 스며들고 있다면 그건

(괜찮아 이 바보야, 괜찮다구!)

아직 포기하긴 이르다는 뜻

트랙 5_D.C. al Fine*******

그리하여 이때쯤, 이 시는 다시 첫 행부터 얼어붙기 시작
하고 또 한 번 대륙횡단열차의 운명은 숨가쁘게 작동
되고 트랙마다 아름다움이 실린 시베리아 생선의 동공
속에 또 하나의 겨울이 단단한 혹한으로 감금되면,

영영 뜨거운 채 언 피는
함부로 식지도 못하겠네

라고 말하고 잠시 아름다워진 누구라도
그 말이 남긴 여운에 파묻혀 트레몰로
트레몰로…… 잠음 섞인 눈의 나라로
유배당하고 말 밤인지도 모르겠네

음악으로도 안 되는 오늘 밤과
혹은 내일 밤, 또다시 수많은 밤들을 지나
언젠가 겨울을 과다 복용한 시절을 위해 나른한 햇살의
속도로 연주될

어느 정오의 음역(音驛)에 도착할 때까지
가끔 늙어 가는 친구를 위해 썼던 편지나 찢고
얼음처럼 딱딱한 별은 왜 따뜻한지를 물으며
눈동자 가득 드넓고 찬 대륙이나 녹음하고 있어야 할지
도 모르겠네

종착역으로 향하던 열차 하나
별들의 현기증에서 들판의 쓰러짐으로 리타르단도
리타르단도…… 서서히 속도를 지우 듯
언젠가 제 목청을 지워 나가던 음악도 단도 꽂힌 붉은
사과 한 알의 침묵으로 멈춰 설 날
오는 거겠지

그러나 언젠가 내 종착역에 도착한 열차처럼 침묵을
과다 복용한 사내 되었을 때, 옆자리에 앉게 된 누군가

당신도 지금 한 시절 헤매는 중이시라면
더 이상 봄도 여름도 가을도 아닌 계절로 회복되는 노선
찾아

끝없이 길 잃는 중이시라면
*당신, 나와 함께 가지 않을래요?********

라고 차마 말은 못한 채
다 찢어진 편지지 같은 눈빛만 바닥에 흘리고 있다면

나, 내 남은 모든 계절은 그와 함께 늙어 갈지도 모르겠네

그 모든 겨울들이 지금 이 순간, 오직
당신만을 위한 복선이었다고 힘껏 말해 버릴는지도 모
르지만!

…… 그러나 아직은 헤비한 폭설의 시간

어두운 터널 뚫고 반죽음되어 쏟아져 나오는 더러운 화
물열차처럼
과부하 걸린 몸 이끌고서 간신히 전진하는
지금은 디스토션(distortion) 잔뜩 먹인 거친 눈보라의 시간

아직 지구를 반도 안아 주지 못했는데
시는 벌써 레일이 모자라네

라고 말하기도 전에 당신들은 벌써 각자의 잠속에서 덜
컹이고

당신들이 잠든 사이, 창밖에선 나무들이 전속력으로 얼
어붙어 가는데

온통 쓸모없는 리프(riff)들로 뒤덮인 하늘 아래

누구는 언 바람 위에 작곡한 음악에 따뜻한 혀를 심어
주느라 얼마 남지 않은 잠까지 얼려 가는 지금,

전력을 다한 테잎은 다시 B면에서 A면으로 넘어가고

혀가 돌아갈 만큼 길어져 버린 횡단열차의 밤, 안도하기
엔 너무 이른

아직은 모두, 함께 만신창이가 되어 갈 시간

* 백설희, 「봄날은 간다」 중에서.

** 「Fields of Gold」, Sting.

*** Losif Kobzon, 「백학(白鶴)」 중에서.

**** 「Footstompin′ Music」, Grand Funk Railroad.

***** 「Don′t Think Twice, It′s All Right」, Bob Dylan.

****** 「El Ultimo Tremolo」, A. Barrios Mangore.

******* 다카포알피네. 처음으로 돌아가서 '끝' 표시까지 다시 연주.

******** 「Are You Going with Me?」, Pat Metheny Group.

4부

전국에 비

어둔 방
창밖으로 들려오는 자욱한 빗소리 속에서
나는 기타를 치고
기타는 허공에
나무 한 그루 심어 놓는다
기타의 목질(木質)이 허공에서 축축이 젖어 가는 사이
나무는 비를 맞아 무럭무럭 자라나고
우리는 그 아래서 비를 그으며
젖은 머릴 말리며 다시
기타를 친다
내가 기타를 치면 참
평화롭다고 너는 말하지
나는 고작 어디서 무엇을 어떻게
틀렸는지나 생각할 뿐인데 너는 그게
평화롭다고 말하고 진심으로 평화로워지지
나는 어리둥절해지고
내가 치고도 듣지 못한 음악을 너의 입으로 전해 듣고
서야
평화로워진다 오래된 나무 한 그루처럼

참 쉬운 평화

그러나 네가 없으면 도래하지 않는

너로 인해 듣는 참 평화

어쩌면 이 모든 건

규칙적인 비의 리듬이 가져다준 착각일 뿐

풍부해진 대기가 소리의 울림들을 한껏 껴안고선

공중에 잠시 머물고 있는 것일 뿐이라고 말해 보지만

말해 본들

이미 평화는 왔고

이유 따윈 중요치 않다

이미 전국은 무수한 빗소리를 거느리고 있고

오래 사람이 찾지 않은 숲 냄새 속에서

방은 여전히 어두운 채였는데

어느덧 혼자 남겨진 내가

그곳에서 듣는 빗소리

열린 창 하나만으로

씨앗 속 세상에서

씨앗 밖 세상을 듣는 듯했다

오디토리엄

죽기에 이만한 장소도 없겠다
파도 치는 바다인 동시에
떡갈나무 흔들리는 숲 속
눈 감으면 알 수 없으리
여기가 바닷가인지
숲 속 한가운데인지
풍랑에 배란 배는 죄다 떠내려갈 것 같고
어디 가까운 데 횟집이라도 있어
원통형 수족관 물속에 뜬 생선들이
거의 제자리에 정지한 채
은빛 깃발들로 펄럭이고 있을 것만 같은데
눈 떠 보면 다시 숲 속 한가운데
새소리만 반짝이고
사람은 아무도 없어
마지막 남은 인류가 된 기분으로
나만 죽으면 이제 고요해질 듯한 기분으로
다시 눈 감으면
떠내려간다
떠내려가다

낚시 바늘이라도 삼킨 듯 허공으로 솟구치는
나뭇가지 한 귀퉁이
거기 사뿐히 내려앉는 새처럼 안착해
생각해 본다
곤파스(コンパス)가 이곳을 통과하던 그날 밤
나는 이 숲으로 얼마나 들어오고 싶어 했던가
그러나 못 왔지
죽을까 봐
벼락 맞은 나무에 깔려
죽을까 봐
그러니 죽고 싶었다는 거짓말
사시나무처럼 떨던 거실 창에 분무기로 물 뿌리고선
덕지덕지 신문지나 붙이며 가슴 졸이던 밤 잊지 못하는
나는 아직 죽기엔 자격 미달이고
상전벽해(桑田碧海)라는 말
뽕나무 밭이 온통 푸른 바다가 되어
거기에 실려 새들이 떠내려가고
남겨진 나만 저 멀리
객석으로 밀려나고 있는데

그날처럼

오늘처럼

나는 그걸 멀리서 그냥

듣기만 했지

레코드의 회전
— Billie Holiday

빌리 홀리데이, 그렇게 불리는 병이 있다면
속에 담겨 푹 익어 가고픈 휴일이야
그동안 당신이 부른 노래를 전부 병에 담아 익히면
어떤 맛의 병조림이 될까
그런 생각이 떠오르고
그럴 때 미래는 우리가 심심할 때마다 하나씩 꺼내 먹는
병조림 속 피클이어서
그것은 선반 위에도 있고
찬장 안에도 있게 된다
빌리 홀리데이, 그렇게 불리는 병이 있다면
그 모든 불치병에 걸려 남몰래 죽어 가고픈 나날들
삶은 본래 뻔한 거지만
가장 뻔한 가사를 가장 곤란하게 부르는 게 가수지
나와 나 사이를 아주 멀게 하는 생각들이
나와 나 사이의 다리(橋)들에 활활 불을 질러
불덩이가 되어 버린 다리가 강 위로 힘없이 무너지고 있
을 때
나와 내가 이렇게 서로 기댄 채 구경하며
함께 노래하지 않으면 좀 곤란해

누가 뭐래도 가장 부르기 곤란한 가사를 가장

느긋하게 부르고 있는 게 가수고

당신은 벌써 죽었는데

버젓이 산 채로 당신 노래를 듣고 있는 내가 이다지도
곤란해 하는 건 아무래도 좀

웃긴 노릇이 아닌가

자꾸 그렇게만 여겨져서

빌리 홀리데이, 마지막으로 그렇게 불리는 병이 있다면

들고 한 번에 다 마셔 버린 후 밖에 나가 좀

걷다 와야만 할 것 같은 휴일이야

고작 빈 병 하나로 무얼 할 수 있겠어?

병 속에 편지라도 쑤셔 넣고 떠내려 보낼 작정이 아니라면

거기 한 송이 꽃이라도 꽂아 줘야지

그걸로 누군가의 대가릴 후려칠 용기마저 없다면

강변에 핀 치자꽃이나 한 송이 꺾어 머리에 꽂아 준 다음
볕 잘 드는 창가에 놓아 줘야시

그러면 어느새 취해 버린 꽃은 다시 무대에라도 오른 양
온 방안에 넘실대고 있고

너나 나나

인간은 하나의 소음

그건 자기 전에 끄는 불처럼 한번

꺼 볼 수도 없어서

둘 다 술이 확

깰 때까지 나도 같이 실실대면서

옆에서 그걸 가만히

지켜봐 줄 수밖에

침대 위에서 밤새 뒤척이는 사람의 구겨진 이불이 그리는

선들의 궤적으로

오래된 베개 냄새 풍기는 강이 머리 둘 곳 찾아 밤새 이

리저리

흘러다니는 음성으로

잠은 이미 달아난 지 오래

1시 11시

비가 내린다
0시 주위로 모여드는 1시나 11시 들같이
이 비는 자꾸 내린다
비에 젖는 긴 풀처럼
장대비는 아니지만
길게 자라나는 비
0시 주위로 자라나는 1시나 11시 들같이
긴 비가 내린다

아주 긴 시간 동안

이 비는 나와 전적으로 무관했다
나를 쳐다보지도 않고 내리는 이 비는
0시의 좌우를 적셔 대는 비
이 비는 시도 때도 없이 내린다
내가 좌지우지하지 못하는 비가
나를 좌지우지하지 못하는 비로 남아
오로지 내리고 있다는 사실
나의 슬픔은 내리는 이 비와는 무관하게 슬프고

내리는 이 비는 나의 슬픔과는 무관하게 내린다는 사실
이 무한해져서
그 무한한 간격 속으로
거의 온갖 것들이 끼어들고 있을 뿐
그 틈은 무척이나 고요해
너와 나 사이를 제집처럼 들락날락거리고 있을 뿐

바람에 가볍게 흔들리는 그것을 사이에 두고서

반드시 11시를 거쳐야만 하는 0시처럼
나는 깨어 있고
이미 0시를 거쳐 온 1시처럼
너는 깨어 있다
0시처럼 거기 선 채
한 발짝도 움직이지 않는 빗속에서
우리는 서로 각자의 위치에서 빗소리가 열어 놓는 세상
을 듣고 있고
그 사이엔 무엇이든 들어올 수 있고
그건 모두 우리의 것이다

이 비는 소리를 잘못 낼까 두려워하지 않고 내리고

지금 이 장면을 꼬깃꼬깃 접어 주머니 속에 쑤셔 넣으면
바지까지 홀딱 젖어 버리겠지
아마 젖은 채로 서서
젖은 데가 마르길 기다릴 거다
묵직한 데가 가벼워질 때까지
그러나 좌우지간 지금은 1시와 11시
사이에 멍하니 서 있는
0시처럼 비가 내리고
0시의 물웅덩이
그것은 이미 슬픔으로 흥건한데
그 위로 퍼져 나가는 끝없는 동심원을
0시의 좌우로 돋아난 1시나 11시 들이
끝없이 가려 주었다

사랑하는 천사들

이를테면 네가 바닥을 쳤을 때
천사는 날아오르고
네가 바닥을 드러낼 때
천사는 널 껴안는다

내가 사랑한 천사 한 마리,
잠시나마 날 사랑해 준 여자들은 모두 한 마리 천사였다

나는 지금 새절역 안 의자에 앉아 이 글을 쓰고 있는데
십 몇 년 전 애인이 내 앞을 지나간다
입을 벌린 채 뭐라고 말해 보려 했지만
그것들은 날개 치는 소리만 내다 얌전히 두 날갤 접었고

웃기게도 나는 이 글을 쓰느라 너를 부르지 못했다
이러니까 천사들이 다 달아난 것이다
그때도 그래서 네가 날 떠났을 것이지만
그러나 그들은 비행을 시작했던 것일 뿐
넌 천사였고
넌 지금도 여전히 천사다

고개 들어 올려다보면
아까부터 내 머리 위를 선회하고 있는 천사들

나는 이제 천사를 모르지만
천사가 날아다니는 하늘 아래를
나는 걷는다
내가 널 버려도
너는 버려지지 않는다
천사는 폐품 재활용 센터의 고철들 틈 사이에서도
여전히 새하얀 선풍기로 남는다
내가 사랑한 천사
나와 드잡이를 하는 대신
내 겨드랑이를 붙잡고
하늘 높이 날아올라 준 천사

천상의 기억이 녹이 슨 일상을 번쩍!
거리는 빛 속으로 들쳐 올려 주는 건 아니지만
내가 밤의 성당처럼 우뚝 솟아오르는 것도 아니지만

고여 가는 바닥을 쳐다보다 그 앞에서 우는 것 말곤 아
무것도
　　할 수 있는 게 없을 때
　　천사는 내려와 뒤에서 날 안아 준다

　　게다가 중환자실을 나오는 길,
　　올해 첫 장맛비가 내리고 있었을 때

　　비에 젖은 우산처럼
　　천사가 내 머리 위를 날아 주었다

많은 물소리

우산 쓰고 한참을 멍하니 걷다 문득
앞을 보면
너의 상반신은 잘려 있고
내리는 비에 바지 밑단은 젖고 있다
우산을 쓰고 있어도 그렇고
우산을 이리저리 기울여 봐도 그런데
쉼 없이 걸어 올라가는 너는
종아리가 참 예쁘다
너는 발목이 참 가늘고
너의 발목은 점점 가늘어져
결국 사라지고 말 것인데
이제 이 비는 아무 쓸모가 없어
이 비는 이제 아주 조용히 걸어 다닌다
아무 기척도 없이 신발 밑창으로 스며들어
양말이 젖고
발바닥이 젖고
지금 이 시간은 점진적으로 고요해지고
전반적으로 차분해져서
넘치는 너는 바지 위로 퍼지고

낙담한 너는 바지 밑단에 고여 아래로 뚝 뚝
떨어지는가
로비로 들어와 우산 접으면 잠시
사라지지만
밖에선 여전히 언덕을 오르내리는 것들
어디도 잘리지 않은 채
맑은 날 함께 오르내리던 언덕을
이제 너 혼자 온종일
내리는 빗속에서
우산도 없이

젖은 복도를 지나
천천히 상층부로 걸어
올라갈수록
바지 끝을 붙잡고 질질 끌려오던 너의
젖은 손은 희박해지고
평소엔 몰랐는데
비만 내리면 드러나는 부위들
잠시 비 그친 옥상에 오르면 파인 곳마다 반드시

고여 있던 너

내일이면 하늘은 그런 너를 하나도 남겨 두지 않고 전부

데려가시겠지

어두운 곳에 고인 네가 가장 늦게 사라질 뿐

잠시 그쳤던 비

다시 내리면

이 비는 다시 차갑고

이 비는 소리와 영상을 반복한다

모든 비는 동어반복이지만

동어반복 따원 없다고

중언하고

부언하며

발목 없는 비는 이제

피어오르는 물안개의 미소 지으며

천천히 옥상 아래로

뛰어내린다

한려수도

통영에 갔다 왔다
배들이 여보
하고 우는 통영
도다리 쑥국에 소주 한 병 비우고
택시 기사가 택시하면서 처음 가 봤다고 말한 그곳
김춘수 유물 전시관에 갔다 왔다
마침표로 점 대신 동그라미를 그려 놓은 김춘수
마지막 행 끝에 마침표 대신 쉼표를 찍어 놓은 김춘수
김춘수를 별로 읽어 보지 않았다
부인과 사별 후 혼자 된 그의 모습을 신문에서 본 적이
있을 뿐
그러나 아버지는 김춘수의 수업을 들은 적이 있다고 했고
그는 문답식 수업을 했다고 하는데
선생은 죽기 전까지 아버지를 몇 번이나 호명했을까
나는 선생이 호명한 아버지가 무슨 대답을 했을지
자리에서 일어나 대답했을지 앉아서 대답했을지를 생각
했고
그러나 아버지는 내 앞에선 말이 없는 사람인데
진지한 얘기 앞에선 입을 다물거나 남의 얘기를 꼭

자기 얘기처럼 하는 사람인데
어느덧 아버지도 선생도 없는 선생의 방에
이렇게 나 홀로

…… 선생의 안경 선생의 나비넥타이 선생의 딱풀 선생
의 병풍 선생의 자개머리장 선생의 개다리소반 선생의 구
두 선생의 모자 선생의 롱코트 선생의 문방사우 선생의 침
대 오른편 벽에 걸린 액자가 하나
거기에는 선생이 쓴 文章萬里長江이라는 문장이 하나
나 말곤 아무도 없었는데
네가 잠시 1층 화장실에 간 사이
선생이 금방이라도 와서 앉을 것만 같은 소파가 두 개
나 말곤 CCTV밖에 없었는데
사진 속 한려수도는 내가 던진 질문에 넘실 넘실
거리는 대신 여보
하고 길게 울었고
나는 그런 건 잘 모르지만
그가 여보
했을 때 그건 꼭 내가 하는 말 같고

도솔암의 고요가 들려오면
나는 당장에라도 그곳에 갇힌다
한가하지도
아름답지도 않은 건 쉽게 갇히는 사람
방문을 걸어 잠그고 혼자 가라앉는 사람뿐이어서
한산도에서 남해
삼천포를 지나 여수로 흐르고 또 흐르는
한없이 한가하고 미려한 물길
여보, 여보 …… 보석 같은[如寶]
미륵산에서 내려다 본 한려수도가
통째로 여보
하고
울고 있었다

첩첩산중

나 거기 내 눈과 귀를 두고 왔네
내가 두고 온 눈이 바다를 보고
내가 두고 온 귀가 파도를 듣고 있다니
그것들은 아직 내게 매달려 있는데
나는 거의 그날 해변가에 서 있던 펜션이 되어 가네
지금은 새벽이고
그토록 가시적이고 전면적인 해무라니
수평선 너머 어디 불이라도 난 줄 알았어
바다가 자신을 공중으로 띄워 올려 바람에 날려보낸 것
들이
말 그대로 우리 눈앞에 펼쳐지고 있었지
그날
양양의 하조대
바위 위에 붙어 있던
수령 200년 된 소나무 한 그루
파도 소린 저녁부터 들려왔고
새벽에도 들려왔고
아침에도 들려왔네
자꾸 뭘 두고 온 것만 같았는데

두고 오길 잘했지

핸드폰 충전기는 안 들고 가길 잘했네

핸드폰이 꺼지자 며칠째 바다와 너와 나…… 그리고 파
도 소리만이 남았지

나는 이곳에 다른 여자와 온 적이 있고

너는 이곳에 다른 남자와 온 적이 있지만

이제는 우리 둘이 이곳에 온 적도 있게 된다

1층이었던 우리는

잠시 2층이 되었다가

붕괴되는 건물처럼

다시 1층으로 나란해졌고

네 엉덩이에 치던 물결도 모두 멎었지만

기억은 엉덩이 같군

엉덩이라면 누구의 엉덩이라도 푹신할 것이다

첩첩산중 속

하나의 기억

몇 개의 연합된 기억처럼

그 안으로 쑥, 빠져들었다

다시 쑥, 빠져나올 것이다

손으로 갈기면 철썩철썩 소리를 내고

붉은 손자국을 가질 것이다

강원도의 첩첩산중 끝에서 만난 절대 수평

첩첩산중은 참 좋은 말이야

중첩될수록 더욱 깊어지고

고요해지고 있었으므로

첩첩산중으로 기어들어 가는 버스 안에서

네가 내 어깨에 고개를 얹을 때마다

거기 놓이는 건 삶의 무게였고

삶이 널 떠난 후에도 한참 동안

네가 두고 온 눈과 귀가 삶의 무게로 흔들리고

네 눈과 귀가 사라진 후에도

남아 있는 삶의 무게로 바다는 흔들리겠지

첩첩산중에서 기어나올 때 차창 밖 어두운 산맥이 하늘
로 높이

치켜든 엉덩이가 하릴없이 내뱉던 하품

구멍 주변에 난 털을 하염없이 쓰다듬어 주는 기분으로

하나는 또 다른 하나로 이어지고

어차피 다 들고 올 수도 없는 거

두고 오길 잘했지
들고 온 것도 마저 여기 두고
다시 더 많은 걸 두러 가야만 하고
더 많은 곳에 더 많은 걸 두고 오다 보면
결국 모든 걸 두고 가야 할 때가 오는 거겠지
그러니 너무 아끼지 마
나를
빈 나뭇가지 위에서 놀다 가는
바람 정도로 생각해

모두가 쏟아지는 햇살 속에 있었다

너는 사무실에서 식물을 기르고
나는 불광천변에 벗나무를 기른다

또 어느 날 너는 논에서 올챙이를 길러
그게 개구리가 되는 걸 보고
개구리는 논물이 석양에 물드는 것을 본다

내가 잘 기른 천둥 하나
네가 잘 기른 하늘에 울려 퍼지더니

빗줄기 쏟아지고

어둠의 한복판에 개구리 울음 쏟아진다
나는 그걸 그해 여름 하동에서 너희들과 함께 들었지

비가 그치면
강원도의 해녀들은 바다가 세상에서 가장 큰 개인 수영
장이라고 말하며
오늘도 그 속으로 뛰어든다

오늘은 날씨가 참 좋아
봄이 잘 길러 낸 여름이 되었고

바람은 나무가 한 계절 잘 기른 머리를 쓸어 넘겨 주고
있다
나무는 그걸 몹시 좋아해
그 나무는 우리가 길러 낸 것이고

때로는 씨엠립에서 앙코르 와트 사이에 반얀나무를 길
러 보기도
서울에서 반얀트리 호텔을 길러 보기도 한다
누구나 지구 위에서 자기를 기르고 있는 중일 테지만

늦은 밤 호텔에 체크인한 외국인이
자기를 다른 나라에 잠시 심어 두고 잠든다

그 쓸쓸함은 내가 기른 것이고
네가 길렀다 바람에 창밖으로 놓쳐 버린 것

길게 기른 머리 바람에 휘날렸다
가라앉고 있었고
네가 기른 긴 플레어스커트도 바람에 펄럭였다
가라앉고 있었다

바람이 기른 건 바람이 죽으면
바람과 함께
차분히
죽고

우린 이제 각자의 길을 걸어간다

네가 걷고 있는 길은 내가 길렀고
내가 걷고 있는 길은 네가 기른 것

가을 축제

여기서도 들려오고
저기서도 들려온다
어느 날 열람실에 숨어든 한 마리 귀뚜라미
쉼 없이 울어 대고 귀뚜라미 발자국이 논문 대신 내
노트에 찍혔다 희미해지는 가을
누가 떠드는 거라면 가서 좀 조용히 하라고
말이라도 해볼 텐데 어디서 울고 있는지도 모르는 귀뚜
라미에게 가서 좀
조용히 해달라고 하는 것은 아무래도 무리여서
하는 수 없이 듣는다 두 귀에 선명히 찍혀 오는 소리
인간아
너 같은 게 공부는 해서 뭣하니
갇힌 귀뚜라미 한 마리
백지 위에 크게 가을이라고 쓰고
고요 속에 줄이라도 그어 대듯
울어 댄다
책상 앞에 앉아 있어도 밖에 있는 것 같고
책상 전체가 가을의 풀밭 한가운데 덩그러니
놓여 있는 것만 같아서

나 혼자만

아무도 없이 나 혼자만 거기

앉아 있는 것만 같아서

도저히 그냥 앉아 있지 못하고 밖으로 뛰쳐나가면

바깥에선 더 많은 귀뚜라미들이 울어 댄다

다음날 네가 싸늘한 시체로 발견되면

우린 귀뚜라미 소리 따윈 까맣게 잊고

다시 학업에 열중하게 될 테지

논문을 완성하고

보란 듯이 졸업모를 쓰고

교정을 배경으로 몇 장의 사진을 남길 테지

누구는 아마 교수도 될 거야

그러나 정년 후에도 이따금씩

멈추지 않고 들려올 소리

귀뚜라미 소리로 인해 우린 들판에도 있었다가

다시 열람실에도 있게 된다

여기서도 들려오고

저기서도 들려오는

달빛의 테두리 같고

A4 용지의 백색 같은
부러진 다리 하나의 고요함
물에 떨어뜨린 한 방울
침향의 맑음 같은
유리창에 묻은 차가운 얼룩
잠시 귀뚜라미 소리 적혔다
사라진다
주점이 끝난 새벽의 교정에서
첫차를 기다리는 버스 정거장에서

인식의 힘
— Notes on Blindness*

비가 내리고 있었다

여느 때처럼 내리는

빗소릴 듣고 있었고

내리는 비가 때리는

물질들이 내는 소릴 듣고 있었다

창밖에서는 둔탁한 소릴 내다

창을 열면 크고 선명해지는

빗소리는 끊이지 않았고

빗소리는 무엇 하나 소외시키지 않았으므로

비로소 간극 없이 이어진 세계 속에서

내리는 비가 때리는 온갖 물질들이 내는 소릴 듣고 있었다

내리는 비가 때리는 물질들을 하나씩 분간해 낼 때마다

세계는 확장되고 있었고

세계는 재구성되고 있었고

때로 한밤중에

가는 물줄기 어딘가 부딪치고 있을 때

밤비 오시나

엄마 또 자다 깨 오줌 누시나

분간해 낼 수 없을 때도 있지만

침대에 누워서도 듣고
창문을 열어 두고도 듣고 있었다
문득 뒤돌아보면
고요한 실내
잠시 비 그치면 다시
고요한 세계
그러나 다시 빗소리 들려오기 시작하면
때로 나는 그게 다시 멀리서 비 내리기 시작한 건지
아니면 벌거벗은 네가 욕조에 들어가 샤워를 하기
시작한 건지 분간해 낼 수 없고
그럴 때마다 세계는 뒤섞이고 있었고
세계는 재구성되고 있었다
이어지는 빗소리 속에서
볼 수 있었으면 없었을 세계
비가 내리지 않았다면 없었을 세계
비가 내리지 않을 땐 정말로 없는 세계 속에서
모든 물질들이 내리는 빗속에서 어깨동무하는 광경을
가만히 듣고 있었다
도대체 뭐가 뭔지 하나도

모르게 돼 버렸을 때까지

비는 내리고 있었고

뭐가 뭔지 아는 것 따윈 하나도

중요하지 않게 돼 버렸을 때까지

비는 내리고 있었고

비는 때리고 있었고

나는 그 모든 물질들의 한가운데 있었다

나는 여전히 창가에 머물고 있었고

나는 문을 열고 밖으로

나아가고 있었다

* 신학자 존 헐(John Hull)이 실명 이후 3년간 카세트테이프에 녹음한 일기를 그대로 사용하여 제작된 단편 다큐멘터리.

일체감

가벼운 새는
풀숲에
풀잎 엮어 집을 짓고
무거운 새는
나무 위에
나뭇가지 엮어 집을 짓는다
그것은 섭리
집은 자기
집주인을 닮았다
그러므로
자기 집이 없는 사람
이를테면
자이나(Jaina) 수행자들은
누운 곳이 곧 자기 집이므로
이 세상이 다 그와 닮고
노숙자들이 한참을 배회하다
잠드는
지하철역과 골목은
점점 노숙자들을 닮아 간다

집을 버린 사람과

집에서 버려진 사람은

아무래도 서로 다른 걸 닮아 가는데

오늘은 텅 빈 뱁새 집 하날

조심스레 따다

식탁 위에 올려 두었다

그건 버린 집이 아니라

다 써서 버려진 집

잠시

맑고 포근한 시절의 너를 떠올렸다

물결은 오늘 모든 바다에서

잔잔하게 일겠고

이윽고 식탁에서

없는 새소리가 들리기 시작했다

투명하게

무음으로

없는 소리가 울려 퍼지자

세상은 거의 사라졌다

조선어 연금술사 통관보고서

성기완(시인, 밴드 3호선버터플라이 멤버)

나는 국경에서 일한다. 나에게는 아직 국적이 없다. 아직. 나는 국경에서 통관을 담당하는 검역관 노릇도 하고 있다. 내 임명장에는 어렴풋한 소문의 도장이 찍혀 있다. 나는 연금술의 나라 주변을 배회하는 사람이다. 나는 그 배회의 시간을 이런저런 형태로, 때로는 소리로 때로는 문자로 기록한다. 그것이 나의 통관 업무다. 지금부터 또, 나는 내 일 하나를 하겠다. 다음은 그 보고서, 말하자면 통관보고서이다.

연금술사

여기 새로 탄생한 조선어 연금술사가 있다. 그 혀는 랭보의 혀를 닮았다. 옛날에, 쇼팽이 나타났을 때 슈만이 그렇게 했던 전통에 따라 모자를 벗을 것. 슈만은 모든 미치광이 예술가의 큰 형님이므로(더러운 또랑에 일부러 빠져 본 적이 있는가?) 슈만이 했던 대로 하자. 모자를 벗어라. 그게 이 나라의 관습이다.

나는 지난 한 달 간 황유원의 시를 검역했다. 그 결과 그는 진정한 조선어 연금술사임이 드러났다. 몇 가지 유보점들이 있긴 하다. 그렇다고 해도 진짜 연금술사들의 이름이 적혀 있는 족보에 이름을 못 올릴 시인인 것은 아니다. 그것은 틀림없다. 그에게는 죽는 시늉하거나 아픈 척하며 군중을 모으는 기존의 작태를 찾아볼 수 없다. 그는 활달했다. 모든 랭보들의 특징은 징징대지 않는다는 것. 부채 의식 없이, 급가속으로 상상의 세계를 야금하는 대장간은 우리 시에서 차려져 본 적이 별로 없다.

힘의 묘사

좋은 시는 늘 그렇듯 어떤 결정적이고 순수한 힘의 묘사다.

「새들의 선회 연구」에서부터 시작해 보자. 이상의 초안은 이미지들이 결여된 앙상한 블루 프린트였다. 반면 황유원의 시는 그 설계도에 시적 이미지의 살을 붙여 설계도 자체를 모호하게 만드는 풍만한 몸매를 지니고 있다. 그 몸매는 바람이 불면 '붕붕' 힘차게 돌며 바람을 모아 에너지로 변환시키는 '풍차의 육체미'를 뽐낸다. 잘 먹고 자란 몸, 뽐낼 만한 이미지들의 몸, 몸의 시대의 시의 몸이다. 새의 선회는 힘의 시적 미분 값들을 기록하고 있다. 힘의 곡선의 미분. 하나의 시어, 하나의 심상으로 압축된 이미지는 그 이전, 그 이후의 운동의 궤적을 다 담고 있다. 어느 아일랜드 시인이 말했듯 그 힘은 나선형의 움직임을 낳는다. 반복하고 반추하면서 원점을 지나치는 운동이지만 그 원점 안으로 다시 들어가지는 않는다. 원점은 매우 뜻깊은 방식으로 마주침과 동시에 통과되어 버린다. 새의 선회는 상승하거나 하강한다. 그런데 새의 선회에서 사과 깎기를 떠올리다니! 이 시인은 늘 일상의 칼날이 깎아 내는 가장 평범하고 따분한 껍질들과 원거리의 조망에서 포착되는 큰 움직임의 궤적을 부합시킨다.

바닥에 떨어지는 사과 껍질은 죽지만 그건 힘의 거푸집에 불과하다. 힘의 자취는 여전히 존재한다. 보이지 않아도 다음 새들의 비행의 지도가 된다. 그렇다, 시는 비행항로도다. 허공을 긋고 시간을 만들어 내는 힘의 데모테이프이다. 사과가 땅으로 떨어져 쪼개져도 중력이 사라지지는 않는

다. 다음 사과는 언제 그랬냐는 듯, 전혀 슬퍼하지도 않고 같은 방식으로 낙하한다.

그래서 시는 수학이고 물리학이다. 한치의 오차도 없이 시는 수학이다. 이 시인은 놀라운 데가 있다. 사과는 새의 선회를 유도하는 힘의 자취이며 동시에 만유인력, 뉴튼이다. 그것은 시와 과학적 이미지의 역학적 통합을 시도한다. 새의 선회를 사과와 플러그 인하는 것은 메타포다. 그러나 그 사과를 다시 중력의 법칙과 연결시키는 것은 일종의 사회적 콘텍스트에 의한 환유나 비유법일 것이다. 이 힘은 앞으로 나가는 직선운동이 아니다. 빙글빙글 돌면서 나선형으로 그림을 그린다. 그것이 황유원 시의 운동 법칙이다.

나선

선회하는 나선형의 운동 법칙은 단일 시에서 시어들이 짜여지는 방식이기도 하고 시와 시들을 넘나들며 징검다리처럼 반복되는 이미지들의 포지셔닝법이기도 하다. 이 시집에 실린 시들의 순서는 세심하게 만져졌다. 선회하는 시적 조각들은 빙글빙글 돌면서 어딘가로 간다. 정확히는, 오며, 간다. 갔다 다시 온다.

자 그러면 이것은 왜 데모테이프인가.

첫째로 노래 구조이기 때문에. 이 시는 어떤 노래의 데모테이프이다. 사과는 한 바퀴 돌아 깎인다. 일단 1절을 부를래? 우리? 딱 그만큼만 속살이 드러나고 정체가 밝혀진다. 그리고 처음으로 돌아온다. 새의 1회 선회 끝. 1절 끝. 그 다음 코러스. 2절 시작. 만유인력. 다시 코러스. 1절 시작이 아니라 1절과 같은 멜로디로 3절 시작. 3절을 뭘로 시작하나볼까. 쩐다. 향기로 시작한다. 향기의 선회. 존재의 자취. 허공의 존재성이다. 그에게 시는, '끝없는 나선 계단을 걸어 내려가야 하는 주문'(「달팽이 집을 지읍시다」) 이다.

둘째로 이 노래는 완성본이 아니다. 영원히 1, 2, 3, 4, 5, 6… 무한대의 절로 다시 씌여진다. 동어반복이다. 그러므로 마스터 테이프는 있을 수 없다. 영원한 데모테이프인 것이다. 거기서 이 시인의 시는 니체와 인사한다. 니체는 늘 두 갈래 길을 제시한다. 하나는 끊임없이 지펴지는 순수한 원초적 에너지, 영구 혁명의 불꽃이고 다른 하나는 그 전면성 때문에 와전되는 전체주의의 유혹이다. 황유원 역시 그 두 갈래 길 앞에 놓여 있는 위험천만한 천진성을 있는 그대로 보여 준다. 그것이, 바로, 더도 아니고 덜도 아닌, 어쩔 수 없는, 결정적이고 순수한 원초적 에너지의 묘사의 결과다. 주사위는 던져졌고, 시는 태어나 '일렉기타를 한 만 대쯤'(「세상의 모든 최대화」) 합한 소리만큼 우렁차게 울고 있고, 결과는 아무도 모른다. 아직 주사위는 허공을 날고 있으니까.

바퀴 속의 바퀴

'바퀴 속의 바퀴(wheels in a wheel)'는 브람스의 교향곡 4 번 1악장의 구조를 분석하면서 레오나드 번스타인이 한 말 이다. 네 마디의 작은 동기 하나가 모든 것을 불러일으키는 결정적 핵심인데 그 동기가 증식하면서 바퀴 속의 바퀴들 을 만들고 그것이 우연과 필연의 놀라운 결합체인 교향곡 이라는 건축물을 만들어 낸다는 것이다. 황유원의 시적 방 법 역시 비슷하다. 좋은 시들이 늘 그렇듯, 시의 방법은 시 안에서 설명된다. 헛소리하는 게 아니니까. 가령,

> 몸속에 팽이를 돌려 놓고
> 서서히 거기
> 빠져들어 본다
>
> ──「달팽이 집을 지읍시다」에서

이 구절이 황유원의 시 제작 방식을 압축한다. 시라는 몸통 속에 작은 몸통, 팽이를 돌려 놓고 거기에 잠깐 빠져 들어 작은 시의 풍차가 일으키는 바람을 맛본 뒤, 그 바람 의 동력에 의해 촉발되는 시적 운동을 계속해서 전개한다. 그 모든 것이 텅 빈 몸, '운동장', 또는 '하늘'이라는 큰 배 경의 시 안에서 기능한다. 전체는 작은 데서 시작하고, 동 시에 작은 바퀴들의 풍차를 감싸고 있다. 바퀴들이 반복해

서 돌 듯, 중요한 시구들은 반복된다. 반복되며 다른 것을 낳는다. 섹스와 비슷하다. '간단한 몇 가지 동작들'은 섹스를 의미한다. 섹스는 거의 똑같은 동작의 반복이다. 반복을 통해 도달해야 할 어떤 지점이 느낌으로 암시된다. 몸의 반복이 느낌의 암시를 낳는다. 그러면서 함께 그리로 간다. 「바람 부는 날」에서 나온 원피스는 커튼이 되고 그 커튼은 「간단한 몇 가지 동작들」에서 반복된다. 소년들이 하늘에 날리는 연은 인연이 되고 엽서가 된다. 그 모든 것들이 인도 갠지스 강변 하늘을 날고 있다. 그렇게 모든 시구는 서로 물고 물리며 돌아가는 전체적 시 — 장치의 일부가 되고 있다. 내 식의 표현으로는 이런 게 '모듈 module'이다. 궁금하면 내 책 『모듈(문학과지성사, 2012)』을 보시길. 커튼, 출렁이다 멈춘다. 침묵 속에 목매단다. 눈부시게 불타오르는 신비감. 골네트. 흔들리다 다시 잠잠해진다. 살아 있는 것들. 움직이다, 물결치다, 잠잠해진다. 잠잠해질 때 모든 것은 불타오른다. 그때 드러나는, 존재의 본질에 해당하는 평형상태, 이퀼리브리움 equilibrium의 팽팽함. 그것이 정지된 한 장의 사진이다. 앞에 이미 등장한 사진은 그렇게 바람에 흔들리다 정지된 커튼(섹스가 끝나고 죽은 듯이 자는 커플)이나 아이들이 하는 축구 경기장에서 흔들리다 정지하는 골네트(더 이상 날지 못하는 매미)로 설명이 된다. 더욱 중요한 것은 이 반복이 앞서 설명한 '나선운동'을 만드는 동력이 된다는 것이다. 그래서 전체적으로, 아무리 복잡하고 산문적

이어도, 황유원의 시들은 노래다.

시인들은 시를 쓸 때 이미지들을 연상하다가 내친 김에 한 발 툭, 더 나가게 된다. 왼쪽 잽을 날리고 더킹 모션으로 한 번 수그린 뒤에는 오른쪽 훅이 바로 나가게 되어 있다. 그게 헛손질이 될 확률이 사실은 굉장히 높다. 잘못하면 카운터 펀치에 걸리기도 한다. 그러나, 이 친구는 그때 나오는 오른손 훅이 정확하게 명치를 꽂는다. 개미에 관한 문장을 쓰다가 벼락이 나오면 일단 벼락의 작은 바퀴 안으로 잠시 들어가면서, 한 발 툭, 더 나간다.

> *벼락은 우선 찢고 본다*
> *찢기는 것이 하늘이든*
> *너희들의 가죽이든*
> *번개가 함께하는 것은 그 때문*
>
> —「개미지옥(後)」에서

개미의 시 안에 벼락의 시가 만들어져서 작게 돈다. 시 속의 시. 그 지점은 우연인 듯 보여도 자로 잰 듯 정확하다. 한 발 더 나가는 즉흥성, 자연스러움 때문에 생동감을 얻으면서 동시에 그 보폭이 갈 만큼만 간다. 그게 재밌다.

느닷없는 2부의 재미없음

사실 2부가 시작되면서 나의 통관 업무는 난관에 부딪혔다. 「레코드 속 밀림」에서부터, 시의 진전이 더디다. 밀림에 꽉 막혀 헤메는 시어. 레코드판의 골을 따라 뱅글뱅글 돌면서 핵심을 못 건드리는 답답한 밤 풍경 같은 시적 공간. 뭐야 이거? 갑자기? 1부의 화려함이 어떻게 이렇게 갑자기 죽어 버릴 수 있는 거지? 난감했다. 1부의 랭보의 혀는 2부에서 딱딱하게 마비되어 버렸고, 리듬은 고집스러운 주정꾼의 투정 같이 들렸다. 왜일까? 곤충 시리즈. 다족류들. 징그러움. 만취 상태. 여왕님의 횡포. "어제 여왕 폐하로부터 사형을 선고받은"(「개미지옥(前)」) 친구. 박근혜가 한상균을 죽어라고 쫓아가서 조계사에서 토해 내도록 한다. 쪼그라든 남성성. 집을 생각해서일까? 바보같이 당하고만 있는 비참한 일상 때문일까? '키틴질의 밤'(「지네의 밤」)과 같은, 딱딱하고 빛나는, 우리의 정신을 까만 크레용 칠로 보여 주는 시어를 얻긴 하지만 2부에서 1부의 연금술은 혀를 자르고 만다.

바닥에 떨어진 단어들은 더듬이가 잘린 개미 떼처럼

맴을 돌다가 소용돌이 같은 몽상으로 변해 갔고

—「개미지옥(後)」에서

시인 스스로가 밝히고 있다. 언어가 절망적인 상태로 떨어져 버린다. 1부가 상징과 은유의 세계였다면 2부는 집요한 환유의 세계다. 환유의 고전 이솝우화. 진정한 시인은 이솝에 어느 정도는 타협하지만 결정적으로는 저항한다. 환유는 언어를 어떤 대상에 굴복시키기 때문이다. 시인은 절대로 언어를 굴종의 상태에 빠뜨리지 않는다. 자기 자식을 종살이시키고 싶은 어미가 어디 있으랴! 시인 스스로환유의 결과에 대해 고백하고 있다. 변신하는 자라를 내세운 시편에서,

그것은 그것에 불과하다
사회적 통념의 확대 재생산
기껏해야 자기 위안으로서의 이론적 지식들
그것은 한갓 벽에 불과하다
　　　　　　　　　　　　　　—「변신 자라」에서(밑줄 해설자)

기껏해야 환유는 사회적 통념을 확대 재생산할 뿐이다. 랭보의 혀는 원래 그런 짓을 거부한다. 그것은 진정한 연금술이 아니라, 값싼 말놀음, 언어적 변신술에 불과하다. 게다가 '달팽이의 술주정'(「달팽이 집을 지읍시다」)이라니. 이 시는 진짜 술주정이다. 궤도를 돌아가야 하는 레코드판의 운명, 가족을 책임져야 하는 아빠의 슬픔이 분비물처럼 언어화되는 것이 술주정.

번개 문양으로 박살 난 술병 위를 지그재그로 기어 다니는,

집에서 쫓겨나 급한 김에 자기 집만을 들쳐 메고 나온

늙고! 무능한! 달팽이!

　　　　　　　—「달팽이 집을 지읍시다」에서

　나는 통관 업무를 멈추고 이걸 연금술로 간주해야 하나? 난감했다. 포기하기 일보 직전. 이걸 통관시켜 말아?

　그런데 벌레 시리즈에서 바닥을 친 시들의 힘이 서서히 살아나기 시작한다.「공룡 인형」에서 다시 오래된 폐허라는 안심되는 공간을 회복하더니「크레파스로 그린 세계 열기구 축제」에서 원기를 되살린다. 어린 시절로 돌아가면서 혀는 풀린다.

　우리가 크레파스만큼 진했고

　크레파스만큼 작았을 때

　희멀건 수채 물감과는 감히 섞이지도 않았고

　부러진 크레파스들 틈에서 잠들면

　세상은 본드 같은 거 없이도

　알록달록 잘만 부풀어 올랐지

　28색이 다 뭐야, 16색이면 족한걸

　더러운 건 필요도 없었고

　더러워질 필요도 없었지

　　　　　—「크레파스로 그린 세계 열기구 축제」에서

아름답고 재미나고 사무치는 시다. 그다음에 결정타 한 방.

　　씻지 않아도 더럽지 않았던
　　　　　—「크레파스로 그린 세계 열기구 축제」에서

이 결정적 시어를 통해, 2부에서의 경직과 마비가 무엇 때문인지 알게 된다. 이 시인에게는 개미지옥에서 암시되었던 '악'의 상태 이전이 있었다. '씻지 않아도 더럽지 않았던 상태'다. 다시 개미지옥으로 돌아가 본다.

　　악의로 가득 찬 개미 소년은 뜨거웠던 자신의 붉은색 이마가
　　서서히 식어 가고 있음을 느꼈다
　　　　　—「개미지옥(前)」에서

그렇게 식어 버린 이마로는 시를 쓸 수 없다. 세상은 강요한다. 그 식은 상태를. 조선은 젊은이들에게 식은 의식을 먹인다. 억지로, 꾸역꾸역. 먹으라고 강요한다. 그래서 개미들은 따분하고 긴 청소년기를 지나치면서 일사분란한 개미들로 다시 태어난다. 그 개미들은 바람에도 반응하지 않는 무뚝뚝한 '고층빌딩'의 세계로 행군한다. 이 딱딱하고 변함없는 무의미의 조직 속에서 소년은 밟힌다.

얼마나 더 많이, 오래 밟혀야 하는지

그 광활했던 세상이 별안간 얼마나, 협소해질 수 있는지!
깨닫게 해 주며

이제 불과 백 미터 앞으로 다가온 병정개미 군단이 일으
키는 자욱한 군홧발 소리가

개미굴 같은 귓속 무참히 짓밟으며

성큼,

성큼

쳐들어오고 있었다

—「개미지옥(後)」에서

피 맛의 정체

다시 1부로 돌아가 본다. 시벨리우스의 하늘이 석양에
물들 때 푸른 하늘은 어느덧 '피 맛'으로 변했었다. 이 피
맛이 중요하다. 「바람 부는 날」에서 바람이란 무엇인가? 모
든 걸 뒤집는 것. 원피스라는 커튼, 그것이 가리고 있는 황
홀의 세계를 벌려 버리는 힘. 그 때 먹는 회 한 접시.

피 맛의 정체를 알 수 있다. 회는 피 맛이다. 피 맛은
원피스라는 커튼을 벗겨 버렸을 때에만 맛볼 수 있는 살

의 맛이다. 살의 맛에 대비되는 고층빌딩, 그리고 그 위풍
당당함에 주눅 든 보통 남자들에게, 시인은 스마트 폰으
로 야구중계나 볼 바에야 '여자의 다리'나 쳐다보라고 비
아냥거린다. 시인은 살의 맛을 꿈꾼다. 그의 시에 등장하
는 '풍차'는 그렇다면 바람에 반응하여 바람을 일으키는
붕-붕 머신. 바람의 오퍼레이터. 피 맛의 세계를 열어 버리
는, 모든 것을 뒤집어 버리는 힘의 전달자. 헤르메스. 태피
스트리의 직조자. 베개 — 잠 — 노을 — 피 맛 — 풍차 — 바
람 — 회 — 살맛 — 뒤집기. 연금술의 재료들. 본능적이고 원
초적인 힘을 무력화시키는 무리들이 사는 '빌딩'의 견고함.
그것과 대비되는 흔들리는 것들의 친화력과 공평함의 회
복. 암스테르담, 루마니아, 핀란드…… 이국의 공간들이 화
려하게 동원되지만 정작 시인은 편의점 바깥 파라솔 플라
스틱 의자에 앉아서 소주를 마시고 있다. 회 한 접시 다 먹
고, 빈 접시와 나무젓가락의 가벼움을 간단하게 뒤흔드는
바람의 전복성. 회의 살맛을 맛보며 원피스 안쪽의 살맛을
상상하는 시인에게 일상을 뒤집는 바람은 전원 스위치. 전
기 오른 시인은 눈물을 흘린다. 그것은 사정의 순간에 솟
구치는 정액이다.

총칭하는 종소리와 마초의 비린내

'총칭'이라는 단어가 있었지. 이 시인을 통해 비로소 그 단어를 '실감한다'. 문자 그대로 '총칭'은 총소리를 울리면서 '실 — 감 — 된 — 다'. '종'의 음소들에서 혀를 미세하게 과격하게 놀리면 '총'이 된다. 총은 모든 마초적 비린내의 근원이다.

> 종소리는 불현듯
> 천둥을 함축한다
>
>   ─「총칭하는 종소리」에서

음소의 차원에서부터 필연적으로 발전해 나가는 특유의 말놀이는 좋다. 그러나 이 대목에서 그리 달갑지 않은 유혹의 단서를 발견한다. 종과 총과 독재자. 울려퍼지며 월인천강(천강에 도장을 찍는 달빛)하는 전면적 자비. 왕권. 독재적 사랑. 모든 소리의 함축으로서의 종소리 = 블랙홀. 총칭하는 종소리는 혐오의 대상이자 매력적이다. 보통 마초는 거부하는 몸짓 자체에서 비린내를 풍긴다. 황유원은 마초적인 면이 있다. 빗속의 행군. 야구. 여자 다리 훔쳐보기. 스포츠. 모든 마초들처럼 이유도 없이,

> 머리끝까지 난 화를 식히기 위해서라면

——「비 맞는 운동장」에서

뭔가 즐겨야 한다. 즐김으로써, 최초의 에너지를 앗아 가는 경직된 전체의 일부가 된다.

> 세상의 장단에 좀 놀아나면 어때
——「총칭하는 종소리」에서

이런 무책임한 시어들을 토해 내다니. 다시 니체! 이렇게 되면 이 힘은 함부로 휘두르는 칼이 될 수도 있다. 총칭하는 종소리는 동네 영주를 비호하는 시골 사무라이의 칼이 될 위험에 빠진다. 모든 고통을 받아들이는 척하면서 개별 자들의 '병'은 방치하는 전면적인 가짜 자기 긍정, 파도 소리이기도 하면서 '채찍질'인(「크레파스로 그린 세계 열기구 축제」), 가짜 위안을 주는, 한마디로 '총'인 '종'의 거대한 파도에 휩쓸리기 직전이다. 큰일 났다.

청각 공간

그러나 이 걱정을 잠재우는 구원의 천사가 있으니, 그것은 다름 아닌 청각 공간이다. 그는 많은 시에서 '소리풍경', 이른바 '사운드스케이프 soundscape'를 그려 내고 있다. 캐

나다의 작곡가 머레이 셰이퍼가 1970년대에 만든 말인 이 '사운드스케이프'는 21세기의 동시대 예술이 진행하는 방향을 이해하는 데 매우 중요하다. 요즘에 중요한 작품들은 시, 소설, 음악, 미술, 무용 할 것 없이 모두 청각 공간을 사유하고 있다. 황유원은 여지없이 이 계통의 노동에 골몰한다.

그렇다면 소리풍경을 인식한다는 것은 뭐냐. 긴 설명은 다른 자리에서 더하고, 한 마디로 하자면 그것은 다름 아닌 텅 빈 것의 육체성을 사유하고 느끼고 심지어 포옹하는 일이다.

> 모든 것을 증발시키며
> 정신이 증발했을 때
> 홀로 버려질 몸뚱이처럼
> 드러누워 있는 운동장 위에 홀로
> 드러누운 여름
>
> ──「쌓아 올려 본 여름」에서

그는 여름이라는 전체 속에 드러누워 있는 운동장을 소개한다. 그러다가 다음 시, 「비 맞는 운동장」에서는, 운동장이라는 전체를 드러낸다. 배경의 앞으로 드러나 있는 하나의 오브제가 아니라 배경 자체로 드러나는 운동장.

비 맞는 운동장을 본 적이 있는가
단 한 방울의 비도 피할 수 없이
그 넓은 운동장에서 빗줄기 하나 피할 데 없이
누구도 달리지 않아 혼자 비 맞는 운동장
어쩌면 운동장은 자발적으로 비 맞고 있다
—「비 맞는 운동장」에서

이 명시가 우리에게 알려 주는 것은 다름 아닌 '소리의
존재 방식'이다. 소리는 만져지지 않는다. 보이지도 않는다.
그것은 실체가 아니라 공기의 흔들림일 뿐이다. 그러면서
공간 전체의 앞과 뒤를 뒤섞으며 공간의 전체성을 울림으
로 증거한다. 그 전체성 자체로서의 텅 빔. 전체적이려면 텅
비어야 한다. 텅 빈 공간은 시각 공간이 아니라 청각 공간
이다.

누가 뭐래도 하늘엔 줄이 없어
줄 달린 연들이 어쩔래야 어쩔 수 없는 거니까,
어차피 우린 모두 하늘에 빠져 익사하는 아이들
—「바라나시 4부작」에서

타오르며 한사코 공중에 매달리는 물안개와 그 속으로 안
기는 새들의 자욱한 날갯소리
—「간단한 몇 가지 동작들」에서

이것은 시적 사운드스케이프, 시의 소리풍경이다. 소리 풍경이란 무엇인가. 없는 풍경이다. 진동하는 파장의 분포, 너울거리는 파도의 네트워크, 보이지 않는 관계의 망이다. 시는 보이지 않는 그 존재성의 그물을 직조하는 일에 참여한다. 소리풍경을 볼 줄 아는 사람만이 그런 시를 쓴다. 더군다나 시의 발현, 시의 육체, 시의 '육체미'(「풍차의 육체미」)를 뽐낼 시의 몸이 무엇인가. 포넴 phoneme, 시적 언어의 음소들이다. 시 자체가 소리풍경이다. 황유원이 쓰는 귀여운 의성어들. 휠휠휠휠휠훌훌 붕붕.

청각 공간의 성격

물바다, 거대한 선박이 항해할 때 동반되는
소리의 커다란 모호함이다

——「halo」에서

오브제들의 세계와는 전혀 다른 모호한 흔들림의 세계. 존재를 지우며 동시에 전체이므로 이 세계는 '세상의 모든 최대화'를 가능하게 하는 세계. 전폭적인 엎질러짐. 감각의 한계를 넘어서는 굉음들, 만 대의 기타. 그런데 정작 그 소리는 기타가 내는 것이 아니라 밟히고 또 밟히는 웅장한 레일의 전면적인 항복이 내는 소리다. 병든 사람, 울며불며

이별하는 장면, 떠나가서 아쉬워서 미쳐 버리는 마음, 그 모든 슬픔들이 줄줄이 엮여 멀리 하얗게 지워지는 극단적 화이트 노이즈의 세계다. 세상은 시인의 말대로 '오디터리엄 auditorium', 듣는 공간이다.

> 노숙자들이 한참을 배회하다
> 잠드는
> 지하철역과 골목은
> 점점 노숙자들을 닮아 간다
>
> ——「일체감」에서

공간과 그 내부의 사물들이 모호하게 뒤섞이는 일체감. 시집의 끝에 배치된 몇 편의 시들은 모두 청각 공간을 사유한다. 실명한 신학자 존 헐이 카세트테이프에 녹음한 내용을 토대로 만든 다큐 「Notes on Blindness」가 부제로 붙어 있는 시에서는,

> 분간해 낼 수 없을 때도 있지만
> 침대에 누워서도 듣고
> 창문을 열어 두고도 듣고 있었다
>
> ——「인식의 힘」에서

청각 공간에서 벌어지는 모호함의 길쌈질에는 사실 개

인성이 없다. 자주 이야기하지만 시는 에너지의 공동 집필의 역사에 참여하는 일이다. 이 시 쓰기는 사람 이전의 시적 혼이 하는, DNA에서부터 끊이질 않았던 일이다. 그것은 순수한 피의 솟구침, 살의 접촉, 섹스와 사정, 분수처럼 분비되는 모유의 힘이다. '생명력'이라고 흔히들 이야기하지만 그 말로는 부족하다. 생명을 가진 것들의 세계로 국한시킬 수 없다. 에너지를 분비하기 시작한 태초의 입자, 처음의 파장에서부터 전해져 오는 떨림의 받아들임이다. 이 작업은 끊임없는 동어반복이다. 똑같은 말을 쓰고 쓰고 또 쓴다. 뻘을 토하는 굴의 움찔거림 속에도, 자지처럼 울렁거리는 개불의 돌기 속에서도 시는 숨 쉰다. 니체 역시, 먹물을 쏘는 문어와 똑같은 방식으로 시를 썼다. 그 궁극의 표현법이 다름 아닌 음악이다.

이와 같은 인식들은 동시에 동양적이고, 동시에 동시대적이고, 동시에 미래적이다. 그것은 지금 우리에게 필요한 인식이다. 모호함 속에서 전체성을 파악하는 일, 보이지 않아서 없는 것 같기도 하지만 찬찬히 들어 봄으로써 텅 빈 그곳에서 피어나오는 어떤 텅 빈 몸을 느끼기. 청각 공간은 빈 공간의 육체성을 감지하도록 해준다. 그 충만함과 텅 빔의 끊임없는 조수간만의 차가 바로 음악이다. 이것을 인식함으로써 우리는 어떤 지나간 낡은 세계, 이른바 '해체'라는 개념으로 한 때 최신인 것처럼 보였지만 이제는 쓸 데 없어져 버린 단편적 인식을 넘어설 단초를 마련하게 된다.

텅 빔의 주관성

> 같은 어둠이지만
> 한때는 이불처럼 덮고 자던 어둠이
>
> ──「공룡 인형」에서

어둠의 존재감. 텅 빈 것의 있음을 증명하는 시편들. 이처럼 세계를 청각 공간으로 파악하면서 점차 공간의 텅 빈 존재감 자체로부터 좋은 기운의 에너지가 살아나 온다. 바로 '텅 빔의 주관성'이다.

> 마당은 이 온갖 것들로 인해 잠시
> 폐허가 되어 본다
>
> ──「공룡 인형」에서

아주 작은 부분이지만, 이런 대목을 짚어 보자. 통관 업무를 할 때 놓쳐서는 안되는 부분이다. '폐허가 된다', 가 아니라, 되어 '본다'는 표현을 쓴 것은, 매우 중요한 차이를 낳는데, 되어 본다고 하는 순간 그 '되기'의 주체가 마당이 되는 것이다. 마당은 어떤 주관과 객관들(오브제들)이 뛰노는 배경이었을 뿐인데 이제 그 마당은 자체로 주어가 된다. 이처럼 '텅빔의 주관성'을 작동시키는 미세한 언어적 톱니들.

내가 여기서 가만히 팔을 괴고 앉아 있는데 저기 저 식탁 위
에 놓인 물병이 흔들,
리고 있다면 저 흔들림은 나만의 흔들림

에서
이 세상의 흔들림

까지.

            —「초겨울에 대한 반가사유」에서

이 걸출한 시에서 반가사유와 엔터 키와 스페이스 바와
마루와 바닷가, 그 모든 것은 절대적으로 필연적인 관계의
상태에 놓이면서, 동시에 텅 비어 간다. 아주 넓은 의미에
서, 동양적이라는 것은 이런 것. 엄청난 속도감. 반가사유
상을 바로 무릎 위에 앉혀 버리고 마는. 랭보의 혀가 조선
의 작품들을 빚을 때, 이와 같은 긴밀하게 돌아가는 초현
실적 현실의 상상 기계가 되어 버린다. 이것이 진정한 연금
술이다.

통관보고서를 마치며

그의 여행가방에 담겨 있는 물품들은 지난 세기말 떠돌

기 시작한 시가 죽었다는 소문의 늪에서 피어난 연꽃 같은 놀라운 조선어 시들로 인해 역설적으로 빚어진 조선어 시 르네상스의 피크를 표시하고 있었다. 그것은 동시에 쓰레기 더미이기도 하고("빈 접시의 바람을 집어먹는 나무젓가락"─「바람 부는 날」), 동시에 빛나는 명품이기도 했다. 그 물건들은 'Fabriqué en Dehors', 다시 말해 국경 너머의 제품들이었다. 자주 말해 왔지만 시인은 이 세상 사람이 아니다. 상상의 여행을 다니는 그의 여권에 찍혀 있는 국적은 저쪽이었다.

그는 그간, 여러 어여쁜 선배들의 시적 음식들을 먹고 무럭무럭 자랐다. 이 아이는 아직도 젖먹이다. 젖먹이처럼 탐욕스럽고, 게걸스러우며, 젖먹이처럼 어미의 유두를 쭉쭉 빨면서 오르가즘을 느낀다. 바야흐로 한 시절을 풍미하던 미래파도 이 시인의 식탁에 오를 좋은 이유식에 불과하다. 바람이 불고 안개는 걷히기는커녕 더 짙어지고 스모우크 핫 커피향은 진동하고 달은 뜨지 않지만 바로 이 시인이 떠오른다. 그것도 가장 불길한 붉은 달로. 의심할 바 없었으나, 의심을 해야 할 의무를 지닌 나는 그의 통관 도장을 홀로그램으로 판독기에 비춰 봤다. 어떤 시들의 통관은 반려됐다. 그런데 결정적으로, 그의 여권에 찍힌 붉은 통관 도장에서는 '진한 피 맛이 났다'(「북유럽 환상곡」). 그는 저쪽의 시민들 중에서도 매우 충실하고 애국심 높은, 따라서 모든 충성심과 논리적 연결들과 합리성을 버리면서도 정확

하게 수학과 만유인력의 법칙과 열역학, 유체역학의 법칙에 부합하는 양질의 시민이었다. 단,

한 가지 주의할 것이 있다. 소리를 듣는 사람은 청각 공간이 갖는 이중성을 늘 묵상해야 한다. 청각 공간은 전체적 합일, 앞뒤의 혼융, 총체적 공간지각을 가능하게 해 주는 원동력이지만, 동시에 '총칭하는 종소리'처럼, 인드라망에 걸린 모든 개별자의 매듭들을 풀어헤쳐 버리는 가짜 총체성의 인식 수단으로 오작동할 수도 있다. 거기에 빠지지 않으려면? 소리를 연결고리, 소통의 수단으로 보는 관점을 놓치지 말아야 한다. 다시 말해, 상호 플러그 인의 상태, 연결고리로서의 청각 공간에 관해 사고한다면, 그 전면적인 어떤 난폭한 거부라든가, 아니면 수긍, 밀리터리한 전체주의에서 빠져나올 수 있다. 이것이 가장 주의해야 할 대목이다. 명심하자. 소리는 텅 빈 전체의 유일한 존재 증명이면서, 동시에 커넥터다. 커넥터면서 앞 — 뒤의 혼융인 청각 공간의 본질에 관해 더 연구한다면, 진정한 연금술을 터득할 것이다. 이 점을 명심하는 조건으로, 통관 도장을 찍고, 나는 업무를 마친다.

개인적인 추신

너는 어둔 방에서 기타를 치는 구나. 기타치고 시 쓰고 언

제 한 번 놀아 보자. 술도 조금씩 홀짝이며. 시간은 금방 가
고, 이내 고요한 새벽이 오고 일회용 컵에 물에 빠진 변사체
처럼 통통 불은 꽁초들이 거꾸로 박혀 있는 동안 기타는 또
추위를 견디며 잠자코 있을 테지만 말이야. 음악 좀 듣니?
'밤부터 얼기 시작해 새벽 무렵 정점을 찍은 투명함'(「halo」).
알바 노토도 듣는구나. 언제 같이 음악이나 좀 듣자.

지은이   황유원

1982년 울산에서 태어났다.
2013년《문학동네》신인상으로 등단했다.
서강대학교 종교학과와 철학과를 졸업했으며
현재 동국대학교 대학원 인도철학과 박사과정에 재학 중이다.
시집『세상의 모든 최대화』로 제34회〈김수영 문학상〉을 수상했다.

세상의 모든 최대화

1판 1쇄 펴냄 2015년 12월 21일
1판 6쇄 펴냄 2022년 3월 25일

지은이 황유원
발행인 박근섭, 박상준
펴낸곳 (주)민음사

출판등록 1966. 5. 19. (제16-490호)
서울특별시 강남구 도산대로1길 62(신사동)
강남출판문화센터 5층 (우편번호 06027)
대표전화 02-515-2000 / 팩시밀리 02-515-2007
www.minumsa.com

ⓒ 황유원, 2015. Printed in Seoul, Korea

ISBN 978-89-374-0839-7 04810
       978-89-374-0802-1 (세트)

* 잘못 만들어진 책은 구입처에서 교환해 드립니다.

민음의 시

민음의 시
목록